書下ろし

# 迷い神

素浪人稼業⑨

藤井邦夫

祥伝社文庫

目次

入谷鬼子母神
吉原
浅草寺
花川戸
駒形鰻
蔵前
向島
押上村
亀沢町
柳橋
回向院
両国橋
隅田川
竪川
日本橋
升屋
高砂町
八丁堀
深川

# 「迷い神 素浪人稼業」の舞台

# 第一話　御隠居《ごいんきよ》

# 一

水は飛び散り、陽差しに煌《きら》めいた。
矢吹平八郎《やぶきへいはちろう》は、下帯一本になって井戸端で水を被《かぶ》った。
被った水は、平八郎の逞《たくま》しく引き締まった身体《からだ》に当たり、四方に弾《はじ》け散る。
平八郎は、大きく身震いをして水滴を飛ばし、手拭《てぬぐい》で濡れた顔を拭った。
まだ痛い……。
平八郎の二日酔いは、水を被っても治まりはしなかった。
もう一眠りすれば治まるのかもしれない。
だが、平八郎にもう一眠りをしている暇《ひま》はなかった。
水を浴びた平八郎は、家に入って身支度《みじたく》を整え、腰に刀を差しながら出掛けた。
お地蔵《じぞう》長屋の木戸には、目鼻の丸くなった古い地蔵尊が頭を光り輝かせていた。
平八郎は、古い地蔵尊に手を合わせ、光り輝く頭を一撫《ひとな》でしてお地蔵長屋を出た。
神田明神《かんだみようじん》下の通りは、神田川に架かる昌平橋《しようへいばし》から不忍池《しのばず》に続く往来だ。

平八郎は、神田明神下の通りを神田川に向かった。

朝飯を食べていない腹が鳴った。

昌平橋を渡った平八郎は、神田八《や》ッ小路《こうじ》を抜けて日本橋《にほんばし》の通りを南に進んだ。そして、神田須田《すだ》町から通新石《とおりしんこく》町に入り、馬鞍横《ばくらよこ》町に曲がった。

馬鞍横町に、平八郎の行き先である薬種問屋『大黒堂《だいこくどう》』はあった。

平八郎は、薬種問屋『大黒堂』の前に立ち止まり、頭を左右に振った。

頭痛は僅《わず》かに続いていた。

平八郎は、深呼吸をして薬種問屋『大黒堂』の暖簾《のれん》を潜《くぐ》った。


「御免《ごめん》……」

平八郎は、薬種問屋『大黒堂』の店に入った。

「いらっしゃいませ」

手代や小僧たちが、平八郎を迎えた。

「御隠居の長兵衛《ちょうべえ》さん、おいでかな……」

「あっ……」

帳場にいた番頭が框《かまち》に出て来た。

「あの、明神下の萬屋《よろずや》さんからお見えになった矢吹さまにございますか……」

「左様。矢吹平八郎です……」

「手前は番頭の彦造《ひこぞう》にございます。お待ち致しておりました。さあ、どうぞ、お上がり下さい」

番頭の彦造は、平八郎を帳場の奥にある座敷に誘《いざな》った。


彦造は、平八郎に湯気の立ち昇《のぼ》る茶を差し出した。

「どうぞ……」

「戴《いただ》きます」

平八郎は、熱い茶をすすった。

熱い茶は、朝から何も食べていない腹に染《し》み渡った。

「おいでなさいませ」

羽織《はおり》を着た若い男が、座敷に入って来た。

「矢吹さま、若旦那《わかだんな》の幸助《こうすけ》にございます」

彦造は、平八郎に若旦那の幸助を引き合わせた。

「矢吹平八郎です……」

「矢吹さま、此《こ》の度《たび》は面倒な事をお願い致しまして申し訳ございません」

幸助は詫《わ》びた。

「いや。まあ……」

平八郎は戸惑《とまど》った。

口入屋《くちいれや》の万吉《まんきち》からは、大店《おおだな》の隠居のお供《とも》をするとしか聞いてはいない。

「父は臍《へそ》曲がりの頑固《がんこ》な人でして、今迄《いままで》にも何人もの方々と揉《も》めまして……」

幸助は眉《まゆ》をひそめた。

隠居の長兵衛は、今迄にお供として雇《やと》われた者たちと揉めているのだ。

「矢吹さま、父は手前や番頭さんの云《い》う事は聞かず……」

幸助が話を続けようとした時、近付いて来る足音が響いた。

「とにかく、宜《よろ》しくお願いします」

幸助は、平八郎に慌《あわ》てて頭を下げた。

白髪《しらが》頭の年寄りが、白髪眉を怒らせて座敷にやって来た。

隠居の長兵衛……。

平八郎は、白髪頭の年寄りが隠居の長兵衛だと睨《にら》んだ。

「彦造、お供は未《ま》だですか……」

長兵衛は、苛立《いらだ》ちを滲《にじ》ませていた。

頑固親父《おやじ》だ……。

平八郎は、幸助の言葉が正しいのを知った。

「は、はい。御隠居さま。今日のお供は、こちらの矢吹平八郎さまにございます」

彦造は、長兵衛に平八郎を引き合わせた。

「矢吹平八郎です」

平八郎は名乗った。

長兵衛は、白髪眉をひそめて平八郎を見据えた。

「隠居の長兵衛です。今日は頼みますぞ」

長兵衛は告《つ》げた。

「はい。お任せを……」

平八郎は微笑《ほほえ》んだ。

「では、行きますよ」

長兵衛は、さっさと店に向かった。

「う、うん。心得た」

平八郎は、刀を手にして慌てて立ち上がった。

長兵衛と平八郎は、番頭の彦造たち奉公人に見送られて薬種問屋『大黒堂』を出た。

「さあて、何処《どこ》に行きますか……」

平八郎は、長兵衛に尋《たず》ねた。

長兵衛は平八郎を一瞥《いちべつ》し、日本橋の通りと並行している裏通りに向かった。

「あれ、日本橋の通りではないのか……」

平八郎は、慌てて長兵衛に続いた。

長兵衛は、返事もしないで裏通りに進んだ。

今迄に何人ものお供と揉める筈《はず》だ……。

平八郎は、微《かす》かな腹立ちを覚えた。しかし、薬種問屋『大黒堂』の隠居・長兵衛のお供は一日一朱《しゅ》の割の良い仕事だ。

ま、老《お》い先短い頑固爺《じじ》いだ……。

平八郎は、微かな腹立ちを空腹で誤魔化《ごまか》すしかなかった。

長兵衛は、裏通りを日本橋川に向かった。

平八郎は、長兵衛の背後を護《まも》るように続いた。

長兵衛は、年寄りとは思えぬ確かな足取りで、足早に裏通りを進んだ。その足取りは、気の短さを感じさせた。

平八郎は、不意に戸惑いを覚えた。

大店の隠居の長兵衛が、何故《なにゆえ》に浪人のお供を雇うのだ。

平八郎は、思いを巡《めぐ》らせた。

浪人のお供には、用心棒の意味があるのか。

もし、あるとしたなら、長兵衛は何者かに襲われるかもしれないのだ。

誰に何故……。

平八郎の戸惑いは募《つの》った。

長兵衛は、裏通りを進んで神田堀を渡り、本石町《ほんこく》から本《ほん》町の通りを横切った。

このまま進めば、西堀留川《にしほりどめ》に架かる雲母橋《きらら》に出る。

平八郎は、長兵衛に襲い掛かる者を警戒《けいかい》しながら背後を進んだ。

西堀留川に出た長兵衛は、雲母橋の袂《たもと》を東に曲がった。そして、堀端を進んで小《こ》舟《ぶな》町一丁目に入った。

長兵衛の足取りは、急に重くなった。

目的地は近い……。

平八郎は読んだ。

長兵衛は、西堀留川沿いにある古い長屋の前に立ち止まり、木戸の外から中を窺《うかが》った。

長屋は、おかみさんたちの洗濯《せんたく》とお喋《しゃべ》りも終わり、赤ん坊の泣き声だけが響いていた。

長兵衛は、この長屋に来るのが目的だったのだ。

平八郎は、長兵衛を見守った。

「矢吹さん……」

長兵衛は振り返った。

「うん。何ですか……」

平八郎は、長兵衛に近寄った。

「この長屋の奥の家に住んでいるおさよと云う女にこれを渡して来て下さい」

長兵衛は、懐《ふところ》から小さな紙包みを出して平八郎に差し出した。

平八郎は、小さな紙包みを受け取った。

小判……。

平八郎は、紙包みの大きさや重さから中に二枚の小判が入っていると読んだ。

「これを、奥の家のおさよと云う女に渡せば良いのだな」

平八郎は念を押した。

「うむ……」

長兵衛は頷《うなず》いた。

「よし。行って来る……」

平八郎は、長屋の木戸を潜ろうとした。

「それから、儂《わし》の事は内緒《ないしょ》でな」

長兵衛は告げた。

「えっ……」

平八郎は、驚いて振り返った。

「儂の名を出さずに渡して欲しい」

「そいつは無理だ」

二両もの金を黙って貰《もら》う者は滅多《めった》にいなく、必ず誰からの金か確かめる筈だ。

内緒には出来ない……。

平八郎は、長兵衛を怪訝《けげん》に見詰めた。

「いいから、やってみてくれ」

長兵衛は、苛立たしげに告げた。

臍曲がりで頑固な親父……。

此処《ここ》で言い争っても仕方がない……。

「そうか、分かった。やってみる……」

平八郎は、小判の紙包みを握り締めて木戸を潜った。


長屋の奥の家は、腰高障子《こしだかしょうじ》を閉めて静けさに包まれていた。

平八郎は、奥の家の前に佇《たたず》んで木戸を振り返った。

不安げな顔で見詰めていた長兵衛が、慌てて木戸の陰に身を退《ひ》いた。

不安げな長兵衛……。

平八郎は、長兵衛の新たな一面を見た。

腰高障子が不意に開いた。

平八郎は、思わず身を退いた。

五歳程の男の子が、驚いた顔で平八郎を見上げた。

「や、やあ。おさよさんはいるかな」

平八郎は、男の子に尋ねた。

「おっ母《か》ちゃん……」

男の子は、家の中を振り向いて叫《さけ》んだ。

「どうしたの、正吉《しようきち》……」

家の中から女の声がした。

「お客さんだよ」

正吉は叫んだ。

「お客さん……」

正吉の母親が、怪訝な面持《おもも》ちで出て来た。

「やあ。おさよさんだね……」

平八郎は微笑んだ。

「えっ、ええ……」

おさよは戸惑った。

「これを渡すように頼まれて来た」

平八郎は、小判の紙包みを差し出した。

おさよは眉をひそめた。

「正吉、家に入っていなさい」

「でも、直太《なおた》ちゃん家《ち》に……」

正吉は、不服げに頰《ほお》を膨《ふく》らませた。

「いいから、入っていなさい」

おさよは、正吉を家に入れて腰高障子を閉めた。

平八郎は戸惑った。

「あの……」

「お金は受け取れません」

おさよは、厳しい面持ちで遮《さえぎ》り、拒絶した。

「えっ……」

平八郎は眉をひそめた。

おさよは、紙包みの中身が小判だと知っている。

「誰に頼まれたのですか……」

「それは申せぬ……」

「お侍さま、誰からか分からないお金を受け取りますか……」

おさよは、厳しさを過《よぎ》らせた。

「う、うん。まあ、な……」

おさよの云う事は尤《もっと》もだ。

平八郎は思わず頷いた。

「大黒堂の御隠居さまにお伝え下さい。もう、正吉と私の事はお忘れ下さいと……」

おさよは、平八郎に会釈《えしゃく》をして家に入り、腰高障子を閉めた。

「お、おさよさん……」

平八郎は、為《な》す術《すべ》もなく佇んだ。

おさよは、紙包みの小判が薬種問屋『大黒堂』の隠居の長兵衛からだと知っていた。

平八郎は、吐息《といき》を洩《も》らして木戸に戻った。

木戸の陰から長兵衛が現われ、西堀留川沿いの道を足早に南に向かった。

平八郎は追った。

長兵衛は、乱暴な足取りで進んでいた。

事の次第《しだい》を見届けて腹を立てている……。

平八郎は苦笑した。

西堀留川は鈍《にび》色に輝いていた。
長兵衛は、西堀留川に架かる中《なか》ノ橋の袂に佇んだ。
平八郎は、長兵衛に並んだ。
長兵衛は、西堀留川を見下ろしていた。
その横顔に怒りはなく、哀《かな》しみと淋《さび》しさが滲んでいた。
平八郎は、微かな戸惑いを覚えた。
「役に立たなかったようだ……」
平八郎は、小判の紙包みを差し出した。
長兵衛は、平八郎を一瞥して小判の紙包みを受け取った。
「それから、正吉と私の事は、もう忘れて下さいとの事だ」
平八郎は、おさよの言付《ことづ》けを告げた。
長兵衛は、黙ったまま重い足取りで歩き出した。
平八郎は続いた。
長兵衛とおさよ正吉母子は、どのような拘《かか》わりなのか……。
只《ただ》の知り合いではないのは確かだ。

長兵衛は、俯《うつむ》き加減で進んでいた。

平八郎の腹が鳴った。

昼は近い……。

平八郎は、二日酔いの頭痛がいつの間にか消えているのに気付いた。

長兵衛と平八郎は、西堀留川が日本橋川に繋《つな》がる処《ところ》に架かっている荒布橋《あらめばし》に差し掛かった。

荒布橋の袂の葦簀《よしず》張りの飲み屋から、三人の浪人が酒に酔った足取りで出て来た。

酔っ払い……。

平八郎は眉をひそめた。

酒に酔った浪人はよろよろと足取りを乱し、長兵衛に抱き付かんばかりに近寄った。

長兵衛は素早く身を退き、近寄った浪人を躱《かわ》した。

近寄った浪人は蹈鞴《たたら》を踏《ふ》み、土埃《つちぼこり》を舞いあげて無様に転んだ。

「何をする、爺い」

一緒にいた二人の浪人が怒声をあげ、長兵衛を取り囲んだ。

行き交《か》う人々が立ち止まり、遠巻きにして見守った。

「薄汚い酔っ払いを躾した迄だ」

長兵衛は、腹立たしげに云い放った。

「黙れ、爺い。押し倒した詫《わ》び料を出せ」

「詫び料ですと……」

長兵衛は、浪人を睨み付けた。

「ああ。怪我《けが》をしたくなければ、さっさと詫び料を出せ」

「ふん。因縁を付けての強請《ゆす》りたかり。詫び料など出せるものか……」

長兵衛は怒りを滲ませ、一歩も退く気配を見せなかった。

「おのれ……」

倒れた浪人が、長兵衛に襲い掛かった。

平八郎は素早く動き、長兵衛に襲い掛かった浪人の腕を摑《つか》んで投げを打った。

浪人は、短い悲鳴をあげて大きく回転し、西堀留川に落ちた。

水飛沫《みずしぶき》が派手《はで》にあがり、陽差しに煌めいた。

「野郎……」

二人の浪人が、慌てて刀を抜いた。

平八郎は、長兵衛を後ろ手に庇《かば》って二人の浪人と対峙《たいじ》した。

「刀を抜いたからには、只では済まんぞ」

平八郎は苦笑した。

「煩《うる》せえ……」

二人の浪人は、平八郎と長兵衛に猛然と斬り掛かった。

平八郎は、僅かに腰を沈めて抜き打ちの一刀を放った。

抜き放たれた一刀は、閃光《せんこう》となって斬り掛かった二人の浪人に襲い掛かった。

一人の浪人は髷《まげ》を斬り飛ばされ、残る浪人は袴《はかま》の紐《ひも》と帯を断ち斬られて薄汚い下帯を露《あら》わにした。

二人の浪人は慌てふためいた。

見守っていた人々は嘲笑《ちようしよう》した。

「未だやるのなら容赦《ようしや》はしない……」

平八郎は微笑んだ。

二人の浪人は、我先《われさき》に逃げ去った。

「大丈夫か、御隠居」

平八郎は心配した。

「ああ……」

長兵衛は頷いた。

「さっ。とにかく行こう」

平八郎は、長兵衛を促《うなが》した。


浜町《はまちょう》堀には、荷船の船頭の歌う唄が長閑《のどか》に響いていた。

元浜町《もとはま》の船宿『若柳《わかやなぎ》』は、暖簾を微風に揺らしていた。

長兵衛は、船宿『若柳』の女将《おかみ》のおとしの酌《しゃく》で酒を飲んでいた。

「女将、お代わりだ」

平八郎は、空《から》の茶碗を差し出した。

「あら、ま。四杯目ですよ」

女将のおとしは、苦笑しながらお盆《ぼん》に空の茶碗を受け取った。

「う、うん。朝から何も食べていなかったものでな……」

平八郎は、照れながら汁をすすった。

「はい。どうぞ……」

おとしは、平八郎に飯を盛った茶碗を差し出した。

「うん……」

平八郎は、四杯目の飯を食べた。

空腹は漸《ようや》く満たされた。

長兵衛は、苦笑しながら酒を飲んだ。

平八郎は、飯を食べ終えて漸く箸《はし》を置いた。

「いやあ、美味《うま》かった。御馳走《ごちそう》さま……」

平八郎は、満足げな面持ちで笑った。

「ふん。ま、飲みなさい……」

長兵衛は、平八郎に徳利を差し出した。

「うん。戴く」

平八郎は、長兵衛の注《つ》いでくれた酒を嬉《うれ》しげに飲んだ。

満腹は、二日酔いの頭痛の苦しさを呆気《あっけ》なく忘れさせていた。

「じゃあ、新しいお酒をお持ちします」

おとしは、空になった皿や碗を片付けて座敷から出て行った。

「矢吹さんは何流ですか……」

「えっ……」

平八郎は戸惑った。

「やっとうですよ」

「ああ、それなら神道無念流《しんとうむねん》です」

「神道無念流……」

長兵衛の眼が鋭《するど》く輝いた。

「ええ。駿河台《するがだい》は撃剣館《げきけんかん》の門弟です」

神田駿河台の神道無念流の撃剣館は、江戸でも名の知れた剣術道場だった。

「じゃあ、岡田十松《おかだじゅうまつ》先生の……」

「弟子《でし》ですが、岡田先生を御存知か……」

「いえ。お噂《うわさ》だけを……」

「そうですか……」

平八郎は徳利を振り、残っていた酒を手酌で飲んだ。

「処《ところ》で御隠居、おさよさんや正吉とはどんな拘わりですか……」

「矢吹さん、そいつはお前さんに拘わりのない事だ……」

長兵衛は、厳しい面持ちで一蹴した。

「う、うん……」

平八郎は、空になった猪口《ちょこ》を未練たらしく弄《もてあそ》んだ。

「お待たせ致しました」

おとしが、新しい徳利を持って来た。

平八郎は、嬉しげに笑った。

「さあ、どうぞ……」

おとしは、長兵衛と平八郎に酒を注いだ。

平八郎は、美味そうに酒を飲んだ。

「さあて、行きますか……」

長兵衛は、酒を飲み干《ほ》して猪口を伏せた。

「えっ……」

平八郎は戸惑った。

「行く処は未だある。女将、勘定《かんじょう》だ……」

「そうですか、毎度ありがとうございます」

長兵衛とおとしは、座敷を出て行った。

平八郎は、徳利の酒をいじましく飲んで慌てて続いた。

いた。

二

両国広小路《りょうごくひろこうじ》には見世物小屋や露店が連《つら》なり、見物客や行き交う人たちで賑《にぎ》わっていた。

長兵衛は、広小路を抜けて神田川に架かる浅草《あさくさ》御門を渡った。

平八郎は続いた。

浅草御門を渡ると蔵前《くらまえ》の通りになり、浅草広小路に抜けている。

長兵衛と平八郎は、公儀の浅草御蔵、御厩河岸《おうまやがし》、駒形堂《こまがたどう》前を進んだ。

平八郎は、駒形堂の前を通った時、微かに鰻《うなぎ》の蒲《かば》焼きの匂《にお》いを嗅《か》いだ。

駒形鰻……。

平八郎は、歩きながら駒形堂前の鰻屋『駒形鰻』を窺った。

鰻屋『駒形鰻』の表では、小女のおかよが掃除をしていた。

駒形堂を過ぎると浅草広小路になる。

金龍《きんりゅう》山浅草寺《せんそう》の参詣《さんけい》人で賑わう浅草広小路は、本所《ほんじょ》に行く吾妻《あずま》橋に続いている。

長兵衛は、浅草広小路を横切って花川戸町《はなかわど》に入った。
花川戸町は浅草寺の東にあり、隅田川《すみだ》沿いに続く町だ。
長兵衛は、花川戸町の通りを進んで山之宿《やまのしゅく》町に入った。
何処に行くのだ……。
平八郎は、付いて行くしかなかった。
長兵衛は、一軒の店の前に立ち止まった。
店の腰高障子には、丸に聖天《しょうてん》の屋号が書かれていた。
「御隠居、此処は……」
平八郎は眉をひそめた。
「博奕《ばくち》打ちの聖天一家の貸元の家ですよ」
長兵衛は、思いも掛けぬ事を云った。
「博奕打ち……」
平八郎は戸惑った。
薬種問屋の隠居が、博奕打ちの貸元に何の用があるのだ。
平八郎の戸惑いは募《つの》った。
長兵衛は、平八郎の戸惑いを余所《よそ》に聖天一家の土間に入った。

「お邪魔しますよ」

土間には二人の三下奴《さんしたやっこ》がいた。

「こりゃあ、御隠居さん……」

二人の三下奴は、薄笑《うすわら》いを浮かべて長兵衛を迎えた。

「貸元の松五郎《まつごろう》さんはおいでかな……」

「へい、ちょいとお待ちを……」

三下奴の一人が、平八郎を胡散《うさん》臭そうに一瞥して奥に入って行った。

長兵衛は、框に腰掛けて貸元の松五郎が来るのを待った。

此処に来慣れている……。

平八郎は睨んだ。

「どうぞ……」

残った三下奴が、長兵衛と平八郎に温《ぬる》い出涸《でがら》し茶を出した。

「造作《ぞうさ》を掛けるね……」

長兵衛は礼を云ったが、茶を飲む事はなかった。

「おいでなさい、御隠居さん……」

赤ら顔の肥《ふと》った初老の男が、三下奴を従えて奥から出て来た。

「やあ、松五郎さん……」

初老の男は、聖天一家の貸元の松五郎だった。

松五郎は、平八郎を一瞥して長兵衛と向かい合った。

「どうです、卯之吉《うのきち》は現われたかな」

「御隠居さん、それが皆目《かいもく》……」

松五郎は首を捻《ひね》った。

「現われませんか……」

長兵衛は、僅かに肩を落とした。

「ええ……」

松五郎は、眉をひそめて頷いた。

「噂は……」

「そいつも皆目、聞かないんですぜ」

「そうですか。じゃあ、何か分かったら頼みますよ」

「そいつはもう、必ずお報《しら》せ致しますぜ」

「お願いしますよ」

長兵衛は、小判を包んだ紙包みを松五郎に差し出した。

「こいつはどうも、いつも済みませんね」

松五郎は、笑みを浮かべて紙包みの小判を懐に入れた。

「じゃあ……」

長兵衛は、平八郎を促して聖天一家を後にした。

平八郎は続いた。

「お気を付けて……」

松五郎は、狡猾《こうかつ》な笑みを過らせた。

平八郎は、見逃《のが》さなかった。


陽は西に大きく傾いた。

長兵衛と平八郎は、聖天一家を出て浅草広小路に向かった。

三下奴が、聖天一家から出て来て長兵衛と平八郎を追った。

斜向《はすむ》かいの路地から長次《ちょうじ》が現われ、平八郎や三下奴に続いた。

長次は、鰻屋『駒形鰻』の若旦那で岡《おか》っ引《ぴき》の伊佐吉《いさきち》の手先を務《つと》める老練な男であり、平八郎と親しかった。

小女のおかよは、店にいた長次に平八郎らしい浪人が浅草広小路に向かったと告げた。

長次は後を追った。そして、平八郎がお店の隠居のお供をして聖天一家に入るのを見届け、出て来るのを待っていた。


長兵衛は、足早に浅草広小路に進んだ。

「卯之吉とは何者ですか……」

平八郎は、長兵衛に尋ねた。

「人殺しの大騙《おおかた》りだ」

長兵衛は吐き棄《す》てた。

「人殺しの大騙り……」

平八郎は眉をひそめた。

「ああ。人を騙《だま》して首括《くく》りに追い込んだ人殺しだ」

長兵衛は怒りを滲ませた。

「その卯之吉、聖天一家と拘わりがあるのか」

平八郎は尋ねた。

「二年前迄、しょっちゅう聖天一家の賭場《とば》に出入りしていた」

「二年前迄……」

「ああ。騙された商人が首を括る迄な……」

「騙された商人が首を括った……」

平八郎は戸惑った。

「それで、卯之吉は姿を消した」

「それで御隠居は、どうして騙り者の卯之吉を捜すんだ」

長兵衛は、平八郎を厳しく一瞥して先を急いだ。

騙り者の卯之吉を捜す訳は云えないか……。

平八郎は苦笑し、長兵衛に続いた。


浅草広小路の賑わいは続いていた。

長兵衛と平八郎は、広小路の賑わいを横切って蔵前の通りに戻った。

平八郎は、背中に人の視線を感じ、それとなく背後を窺った。

聖天一家の三下奴が、背後から来るのが僅かに見えた。

尾行《つけ》て来ている……。

平八郎は、三下奴が尾行て来る理由を探った。

聖天の松五郎は、隠居の長兵衛の身許《みもと》を知っている筈だ。それなのに尾行て来る狙いは、平八郎の素性《すじょう》を知ろうとしているのに他ならない。

狙いは俺か……。

平八郎は苦笑した。

長兵衛は、蔵前の通りを進んで浅草御門に差し掛かった。

「御隠居、次は何処に行く……」

「店に帰る」

長兵衛は、不機嫌な面持ちで浅草御門を渡った。

「そうか……」

平八郎は頷いた。

長兵衛は、日本橋小舟町の長屋から元浜町の船宿に立ち寄り、浅草山之宿町の聖天一家に廻った。しかし、用は一つとして果《はた》せはしなかった。

長兵衛の不機嫌さはそこにある。

何事も長兵衛を薬種問屋『大黒堂』に送ってからだ……。

平八郎は、長兵衛を『大黒堂』に送り届けてから尾行て来る三下奴を始末する事にした。

「矢吹さん、次に出掛ける時もお供をしてくれるかな」

長兵衛は、歩きながら平八郎を一瞥した。

「えっ……」

「給金は同じだ」

「お安い御用だ」

昼飯付きで一日一朱の割の良い仕事だ。引き受けない手はない。

平八郎は、喜んで引き受けた。


長兵衛は、若旦那の幸助や番頭の彦造たち奉公人に迎えられ、店の奥に入って行った。

「ありがとうございました。番頭さん……」

幸助は、平八郎に礼を云って彦造を促した。

「はい……」

彦造は帳場に行った。

「あの、何か面倒な事は……」

幸助は、心配げに尋ねた。

「いえ。別に何もありませんでしたよ」

平八郎は、長兵衛の行動を伏せた。

「そうですか……」

幸助は、安堵《あんど》を滲ませた。

「若旦那さま……」

彦造が、懐紙に一朱金を二枚載せて平八郎に差し出した。

「矢吹さま、お約束の給金にございます」

幸助は告げた。

「えっ。約束の給金は、一朱の筈だが……」

平八郎は戸惑った。

「左様にございますが、御隠居さまが、給金の他に礼金を包みなさいと仰《おつしや》られまして、どうぞ……」

彦造が、強張《こわば》った笑みを浮かべた。

強張った笑みには、長兵衛に気に入られた平八郎への戸惑いがあった。

「そうか。では、遠慮《えんりよ》無く……」

二朱金は八分の一両だ。

平八郎は、嬉しげに二枚の一朱金を懐に仕舞った。
薬種問屋『大黒堂』を出た平八郎は、日本橋の通りを神田八ッ小路に向かった。
聖天一家の三下奴は、向かい側の物陰から現われて尾行た。
尾行る相手は平八郎さん……。
長次は見定め、三下奴を追った。

夕暮れ時の不忍池には風が吹き抜け、水面に小波《さざなみ》が走っていた。
平八郎は、不忍池の畔《ほとり》を進んだ。
三下奴は尾行た。
平八郎は尾行に気付いている……。
長次は、そう睨んで苦笑した。
平八郎は、不意に立ち止まって振り向いた。
三下奴は、思わず身を翻《ひるがえ》した。だが、長次が背後から険《けわ》しい面持ちで詰めて来た。

三下奴は、狼狽《うろた》えて立ち竦《すく》んだ。

平八郎は、長次に気付いて苦笑した。

「聖天の松五郎に命じられて追って来たか」

平八郎は、立ち竦んでいる三下奴に問い質《ただ》した。

三下奴は後退《あとじさ》りし、長次の傍《かたわ》らを駆け抜けようとした。

長次は足を飛ばした。

三下奴は、長次の足に引っ掛かって顔から激しく倒れ込んだ。

長次と平八郎は、倒れた三下奴を押さえた。

「手前《てめえ》、名は何て云うんだ」

長次は凄《すご》んだ。

「と、富吉《とみきち》です……」

「富吉、松五郎に命じられて俺を尾行て来たんだな」

平八郎は、富吉を見据えた。

「へ、へい……」

富吉は、顔を歪《ゆが》めて頷いた。

「そいつは何故だ……」

「さあ……」

富吉は首を捻った。

「惚《とぼ》けるんじゃあねえ……」

長次は、富吉の腕を捻りあげた。

富吉は、激痛に顔を醜《みにく》く歪めて呻《うめ》いた。

「富吉、松五郎は知られては困る事があるから俺の素性を探ろうとした……」

平八郎は睨んだ。

富吉は、平八郎から眼を逸《そ》らした。

「知られて困る事は、騙り者の卯之吉に拘わる事だな……」

平八郎は問い詰めた。

富吉は、思わず身震いした。

「やはり、そうか……」

「し、知らねえ……」

富吉は、慌てて否定した。

「富吉、知らないなら知らないでも良い。でもな、貸元の松五郎には、お前が卯之吉の何もかもを教えてくれたと云うぜ」

長次は、嘲笑を浮かべて脅《おど》した。

「そ、そんな……」

富吉は焦《あせ》った。

「そうすりゃあ、松五郎も黙っちゃあいねえ。お前を放っちゃあ置かねえだろうな……」

長次の言葉は、富吉を恐怖に突き落とした。

貸元の松五郎は残忍で疑い深く、信用が出来ない相手となると情け容赦《ようしゃ》なく始末する男だ。

富吉は、恐怖に激しく震えた。

「富吉、卯之吉が何処にいるのか、お前たちは知っているんだろう」

「へ、へい……」

「卯之吉、何処にいる……」

「江戸《えど》です。江戸にいて時々、今戸《いまど》の賭場に来ています」

「やっぱりな……」

騙り者の卯之吉は、江戸にいて時々今戸にある聖天一家の賭場に現われている。

聖天の松五郎は、長兵衛に金を貰いながら嘘《うそ》を付いているのだ。

「で、卯之吉の住まいは何処だ」

「そ、そいつは分かりません」

富吉は、喉を震わせて声を嗄《か》らした。

「本当だな……」

長次は、厳しく念を押した。

「へい。住まいを知っているのは貸元だけです。本当です、信用して下さい」

富吉はすすり泣いた。

「よし。富吉、浪人を堀江《ほりえ》町の親父《おやじ》橋まで尾行《びこう》したが、浪人の仲間に気付かれ、慌て逃げて来たと、松五郎に云うんだな」

「えっ……」

富吉は戸惑った。

「そして、いつもの通りにしているんだ」

平八郎は命じた。

「へ、へい……」

富吉は、喉を鳴らして頷いた。

「富吉、呉々《くれぐれ》も余計な事は云うんじゃあねえ。そいつが嘘でも誠でも、云えばお前は松五郎に殺される……」
長次は、富吉に冷たく笑い掛けた。
富吉は、泣き出さんばかりに顔を歪めた。
「さあ、早く立ち去るが良い」
平八郎は苦笑した、
不忍池は夕闇に覆《おお》われた。

神田明神門前の居酒屋『花《はな》や』は、既《すで》に客で賑わっていた。

「あら、遅かったわね」

女将のおりんは、平八郎と長次を迎えた。

「えっ。今夜、来ると云っていたかな」

平八郎は戸惑った。

「いいえ。でも、伊佐吉の親分さんがきっと来るだろうって……」

おりんは、店の奥を示した。

店の奥には、岡っ引の駒形の伊佐吉と下っ引の亀吉《かめきち》がいた。

「そうか。おりん、酒と肴《さかな》、見繕《みつくろ》ってな」

「はい……」

おりんは頷いた。

平八郎と長次は、伊佐吉たちの許に行った。

「やあ……」

「お待ちしていましたよ」

伊佐吉と亀吉は迎えた。

平八郎は、伊佐吉の読みの鋭さに苦笑しながら座った。

伊佐吉は、長次が平八郎を追って行ったまま戻らないのを知り、何かがあったと睨んだ。そして、落ち着いたら必ず『花や』に現われると睨み、亀吉を連れて来ていたのだ。

「どうぞ……」

亀吉は、平八郎と長次に酒を酌した。

「で、何をしているんですかい」

伊佐吉は酒を飲んだ。

「うん。実はな……」

平八郎は、薬種問屋『大黒堂』の隠居の長兵衛にお供に雇われた事などを話した。

「へえ、大黒堂の御隠居さんですか……」

伊佐吉は、暖簾を微風に揺らしている薬種問屋『大黒堂』を思い浮かべた。

「隠居の長兵衛、知っているか……」

「いえ。店の名前だけですよ」

伊佐吉は苦笑した。

「そうか。で、分からないのは、小舟町のおさよとの拘わりだ」

平八郎は眉をひそめた。

「ええ……」

伊佐吉は頷いた。

「それと、騙り者の卯之吉だ」

平八郎は、険しい面持ちで酒を飲んだ。

「うん。二年前に卯之吉がどんな騙りを働いたのか、それで、誰が首を括ったのか。

そして、大黒堂の御隠居はどんな拘わりがあるのか……」

伊佐吉は、平八郎が騙りに抱いている疑念を整理した。

「うむ。いずれにしろ卯之吉だ」

平八郎は、厳しい面持ちで酒を飲んだ。

「平八郎さん。あっしが賭場に潜り込んでみますよ」

長次は、小さな笑みを浮かべた。

「賭場……」

伊佐吉は眉をひそめた。

「ええ。卯之吉の野郎、住まいは分からないのですが、聖天一家の今戸の賭場に時々現われるそうでしてね」

長次は、伊佐吉に告げた。

「そうか……」

「長さん、気を付けてな……」

平八郎は、微かな心配を過らせた。

「云われる迄もなく……」

長次は、笑みを浮かべて酒を飲んだ。

「じゃあ、俺は二年前の卯之吉の騙りってのを、ちょいと調べてみるか……」

伊佐吉は、手酌で猪口に酒を満たした。

「済まないな……」

「なあに、俺は岡っ引。人を首括りに追い込んだ騙りが、本当にあったのなら放っちやあ置けねえ」

伊佐吉は、厳しさを過らせた。

「そうか。じゃあ俺は、長兵衛とおさよの拘わり、詳しく探ってみるよ」

平八郎は、猪口の酒を飲み干した。

「お待ちどおさま……」

女将のおりんが、酒と肴を運んで来た。

居酒屋『花や』は賑わった。

三

小舟町の長屋は、朝の忙しさも終わって静けさに覆われていた。

平八郎は、長屋の木戸からおさよの家を見守った。

半刻《はんとき》（約一時間）が過ぎた頃、おさよが風呂敷包みを抱え、正吉を連れて出て来た。

出掛ける……。

平八郎は、木戸の陰に身を潜めた。

おさよは、正吉を連れて日本橋の通りに向かった。

平八郎は追った。

日本橋の通りに出たおさよは、正吉を連れて室町《むろまち》に進んだ。そして、室町の呉服屋『越前屋《えちぜんや》』の前に正吉を待たせ、店に入って行った。

平八郎は、呉服屋『越前屋』の店の中を窺った。

店の中では、番頭や手代たちが反物や着物を広げて客の相手をしていた。

おさよは、帳場の横で風呂敷包みを解《ほど》き、仕立てた着物を老番頭に見せていた。

老番頭は、おさよの仕立てた着物を仔細《しさい》に検《あらた》めていた。

おさよは、出来上がった仕立て物を届けに来たのだ。

平八郎は、店の表に戻った。

店の表の隅《すみ》では、正吉がしゃがみ込んで地面に木切れで絵を描いていた。

「やあ……」

平八郎は、笑顔で正吉に声を掛けた。

正吉は平八郎を見上げ、黙って視線を戻して絵を描き続けた。

絵は男の顔だった。

「誰かな……」

平八郎は、正吉の傍《そば》にしゃがみ込んだ。

「お父《と》っちゃん……」

「そうか、お父っちゃんか……」

平八郎は、正吉の父親でおさよの亭主がどうしているのか知らないのに気付いた。

迂闊《うかつ》だった……。

「お父っちゃん、今、何処にいるんだい」

「極楽……」

正吉は、地面に男の顔を描き続けた。

「極楽……」

平八郎は戸惑った。

「うん……」

「極楽って、地獄や極楽の極楽かな」

「知らない。でも、おっ母ちゃんが、お父っちゃんは極楽にいるって……」

正吉の父親でおさよの亭主は、死んでいるのだ。

平八郎は知った。

「正吉、極楽にいるお父っちゃん、何て名前か教えてくれないかな」

「文吉《ぶんきち》……」

正吉は、絵を描きながら答えた。

「文吉か……」

平八郎は、正吉の父親でおさよの亭主が文吉と云う名だと知った。

「正吉、お父っちゃん、どうして極楽に行ったのか、分かるかな」

「知らない……」

正吉は、絵を描き続けた。

「そうだな。知らないな……」

正吉は、父親の死の経緯を知るには幼《おさ》な過ぎる。

平八郎は頷いた。

「正吉……」

呉服屋『越前屋』からおさよが出て来た。

「やあ……」

平八郎は、立ち上がっておさよに会釈《えしゃく》をした。

「お侍さま……」

おさよは、平八郎が長兵衛の使いで金を持って来た浪人だと気付き、眉をひそめた。

「通り掛かったら正吉がいてね……」

平八郎は、言い繕おうとした。

「正吉、行きますよ」

おさよは、平八郎を遮り、正吉の手を取って立たせた。そして、平八郎に会釈をし、正吉を連れて足早に立ち去った。

平八郎は、取り付く島もなく見送った。

おさよは、亭主の文吉を亡くし、仕立て物の仕事をしながら正吉を育てている。薬種問屋『大黒堂』の隠居の長兵衛は、そんなおさよに金を渡そうとしている。しかし、おさよはそれを拒絶しているのだ。

平八郎は、おさよと長兵衛の拘わりの一端《いったん》を知った。

地面に描かれた文吉の顔は、正吉が踏んでいった所為《せい》でまるで泣いているかのように歪んでいた。

南町《みなみまち》奉行所定町廻《じょうまちまわ》り同心の高村源吾《たかむらげんご》は、同心詰所から出て来た。

岡っ引の伊佐吉は、表門脇の腰掛けから立ちあがって迎えた。

「おう。伊佐吉、分かったぜ」

高村は笑った。

「ありがたい……」

伊佐吉は、南町奉行所に高村を訪れ、二年前の騙り事件に卯之吉が絡むものがあるかどうか調べてくれるように頼んだ。

高村は引き受け、二年前の事件を調べて出て来たのだ。

「ああ。ちょいと蕎麦《そば》でも食いに行こう」

高村は、伊佐吉を伴って数寄屋橋《すきやばし》御門外の蕎麦屋の暖簾を潜った。

高村は、蕎麦屋の親父に酒と盛り蕎麦を頼んだ。

「伊佐吉、こいつは何処の筋だ……」

「筋と仰られても……」

伊佐吉は、微かな困惑を滲ませた。

「ひょっとしたら、矢吹平八郎の筋かな」

高村は見抜いていた。

「はい。まあ……」

伊佐吉は頷いた。

「やはりな……」

高村は苦笑した。

「お待たせしました」

蕎麦屋の親父が酒を持って来た。

伊佐吉は、高村の猪口に酒を満たした。

高村は、猪口に満たされた酒を飲んで喉を潤《うるお》した。

「二年前、上野元黒門町《うえのもとくろもん》の小間物屋の主《あるじ》が騙りに遭って借金を作ってな。金策に駆け廻ったんだが、結局駄目で首を括った……」

「そいつに卯之吉が……」

「ああ。潰《つぶ》れた問屋に残された紅白粉《べにおしろい》が安く手に入ると小間物屋の主に持ち掛け、借金迄して作った金を騙し取って消えた……」

高村は酒を飲んだ。

伊佐吉は、高村に酒を注いだ。

「勿論、紅白粉は嘘偽《いつわ》りでな。小間物屋の主は、何とか作った借金を返そうとしたが駄目でな……」

「首を括りましたか……」

伊佐吉は眉をひそめた。

「ああ。それで卯之吉の騙りの一件は、有耶無耶《うやむや》になっちまった……」

高村は、猪口の酒を飲み干した。

「旦那、その小間物屋ってのは……」

「上野元黒門町の紅花屋《べにばなや》、首を括った主の名は文吉……」

高村は、空になった猪口に手酌で酒を満たした。

「紅花屋の文吉ですか……」

伊佐吉は、猪口の酒を飲んだ。


昼飯時が過ぎた。

薬種問屋『大黒堂』の奉公人たちは、手の空いた者から昼飯を食べた。

番頭の彦造は、『大黒堂』の裏口から店を出て一丁（約百九メートル）程離れた処にある小さな仕舞屋《しもたや》に入った。

平八郎は見届けた。

仕舞屋は薬種問屋『大黒堂』の持ち物であり、番頭の彦造が女房子供と暮らしている。

番頭の彦造が、仕舞屋に戻って四半刻（約三十分）が過ぎた。

平八郎は、彦造が昼飯を食べ終えたのを見計らって仕舞屋を訪れた。

番頭の彦造は、戸惑いながらも訪ねて来た平八郎を座敷に招いた。

「どうぞ……」

彦造の女房は、平八郎に茶を出した。

「こいつは御造作を掛けます」

平八郎は、彦造の女房に頭を下げた。

彦造の女房は、台所に戻った。

「それで矢吹さま、御隠居さまに拘わる事とは……」

彦造は、心配げな眼で平八郎を見詰めた。

「うん。それなのだが彦造さん。小舟町のおさよさんを知っているね」

平八郎は、単刀直入に訊《き》いた。

「は、はい……」

彦造は頷いた。

「御隠居とはどう云う拘わりですか……」

「矢吹さま……」

彦造は困惑した。

「うん。昨日、浅草の博奕打ち、聖天一家の三下奴に後を尾行られてな……」

平八郎は、深刻な面持ちで声をひそめた。

「えっ……」

彦造は狼狽えた。

「ま、尾行て来た三下奴は片付けたが、おそらく狙いは御隠居だ……」

「はい……」

彦造は、喉を鳴らして頷いた。

「放って置くとどうなるか。それで、御隠居の行き先の事を詳しく知りたくてな」

平八郎は、心配げに伝えた。

「矢吹さま。若旦那の幸助さまには兄上さまがおいでになりましてね……」

彦造は、覚悟を決めたように話し始めた。

「って事は、御隠居の長男か……」

平八郎は戸惑った。

「はい。文吉さまと申されて……」

彦造は、哀しげに顔を歪めた。

「文吉……」

おさよの亭主で正吉の父親の文吉は、薬種問屋『大黒堂』の隠居の長兵衛の倅《せがれ》だった。

「はい。ですが、文吉さまは若い頃からの遊び人で、その内、店に女中奉公をしていたおさよさんと……」

「恋仲になったのか……」

「はい。おさよさんは気立ての良い、働き者でして、文吉さまは本気でした。ですが、御隠居さまは、女中奉公のおさよさんと所帯を持つのを許さず、どうしてもと云う文吉さまを勘当《かんどう》されたのです」

「勘当ですか……」

「はい。親の云う事を聞けない者とは、縁を切ると……」

おさよと正吉は、薬種問屋『大黒堂』の隠居の長兵衛の倅の嫁であり、孫なのだ。

平八郎は、長兵衛とおさよ・正吉母子の拘わりを知った。

「それで、文吉さまは大黒堂を出て、人が変わったように働き、上野元黒門町に小さな小間物屋を開きました。ですが……」

「卯之吉と云う騙り者に騙され、首を括ったか……」

平八郎は読んだ。

「はい。御隠居さまにもお金を貸して貰えず。お気の毒に……」

彦造は、哀しげに項垂《うなだ》れた。

「文吉、御隠居に金を借りに来たのか……」

「はい。困り果てて、意地を棄て、恥を忍んで御隠居さまに頭を下げました。ですが、御隠居さまはお貸しになりませんでした」

「貸さなかった……」

平八郎は、少なからず驚いた。

「はい。それで、文吉さまは万策尽きて……」

彦造は、鼻水をすすった。

「首を括ったか……」

「はい……」

彦造は頷いた。

隠居の長兵衛は、頭を下げて借金を頼んだ文吉に金を貸さなかった。そして、文吉は首を括った。

平八郎は、おさよが長兵衛からの金を突き返した理由を知った。

おさよは、義父になる長兵衛を恨《うら》んでいるのだ。

平八郎は、おさよの気持ちを哀《あわ》れんだ。

「文吉さまがお亡くなりになって以来、御隠居さまは店を幸助さまにお任せになり、滅多に人前に出なくなりました」

隠居の長兵衛は、文吉に金を貸さなかった事を深く悔やみ、騙り者の卯之吉に恨みを晴らそうとしている。

平八郎は、長兵衛の腹の内を読んだ。

「矢吹さま、どうか御隠居さまをお助け下さい。お願いにございます」

忠義者の彦造は、鼻水をすすりながら平八郎に頼んだ。

「分かった。出来るだけの事はする」

平八郎は引き受けた。


浅草今戸町は隅田川沿いにあり、瓦《かわら》や素焼きの作業場と寺が多い町だ。

聖天一家の今戸の賭場は、興善寺《こうぜん》と云う古い寺の家作《かさく》にあった。

長次は、興善寺の裏門から裏庭を窺った。

二人の三下奴が、家作の雨戸を開けて掃除や片付けをしていた。

三下奴の一人は、長次と平八郎が不忍池の畔で痛め付けた富吉だった。

丁度良い……。

長次は、日が暮れるのを待つ事にした。


番頭の彦造は、薬種問屋『大黒堂』の裏口に入って行った。

平八郎は見送り、店の表に廻った。

薬種問屋『大黒堂』は繁盛《はんじょう》していた。

平八郎は、店の表に不審な事がないか窺った。

二人の浪人が、斜向《はすむ》かいの路地に佇んで薬種問屋『大黒堂』を見詰めていた。

平八郎は眉をひそめた。

聖天の松五郎から長兵衛が捜していると聞いた卯之吉が、送って来た刺客《しかく》なのかもしれない。

見定めなければならない……。

平八郎は、薬種問屋『大黒堂』の裏口に行き、番頭の彦造を呼んで貰った。

彦造は、別れたばかりの平八郎が来たのに戸惑いながら裏口に出て来た。

平八郎は、表に妙な浪人たちがいると告げ、隠居の長兵衛に取り次ぐように頼んだ。

「妙な浪人……」

隠居の長兵衛は眉をひそめた。

「ええ。ひょっとしたら、松五郎から話を聞いた卯之吉が寄越した刺客かもしれぬ」

平八郎は告げた。

「御隠居さま……」

彦造は、不安を露《あら》わにした。

「彦造……」

長兵衛は、彦造を窘《たしな》めた。

「で、矢吹さん、どうするつもりですか……」

長兵衛は落ち着いていた。

「もし、二人の浪人が、私の睨み通りの者だったら、卯之吉の居場所を知っているかもしれない」

長兵衛は頷いた。

「だから、そいつを見定めて捕らえ、白状させる……」

平八郎は笑みを浮かべた。

「手立ては……」

長兵衛は、僅かに身を乗り出した。それは、平八郎の企《くわだ》てに同意した証《あかし》だ。

「うん。店の表で騒ぎを起こす訳にはいかないから、何処かに誘《おび》き出す」

「誘き出す……」

「うん。町駕籠《まちかご》を呼び、御隠居が乗っているように見せ掛けて私と出掛ける。そうすれば奴らは必ず追って来る筈だ」

平八郎は、己の企てを教えた。

「分かりました。彦造、出掛けます。町駕籠を呼びなさい」

「は、はい……」

彦造は、慌てて出て行った。

「矢吹さん、急いで着替える……」

長兵衛は立ち上がった。

「御隠居、浪人どもは御隠居の顔を知らぬ筈。町駕籠に乗るのは他の者で結構だ」

平八郎は、年寄りの長兵衛の身を心配した。

「矢吹さん、他の者を危ない目に遭わせる訳にはいかぬ。誘き出す餌《えさ》は儂がやる」

長兵衛は、厳しい面持ちで覚悟の程を見せた。

「分かった……」

平八郎は頷いた。


薬種問屋『大黒堂』の小僧が、立場《たてば》から町駕籠を呼んで来た。

隠居の長兵衛が、店から出て来た。そして、辺《あた》りを見廻《みまわ》して町駕籠に乗り、彦造たち奉公人に見送られて出掛けた。

二人の浪人が、斜向かいの路地から現われて長兵衛の乗った町駕籠を追った。

狙い通りだ……。

平八郎は苦笑した。

「矢吹さま……」

彦造は、平八郎を不安げに見詰めた。

「うん。じゃあな……」

平八郎は、長兵衛と二人の浪人を追った。

長兵衛を乗せた町駕籠は、神田川に架かる昌平橋を渡って明神下の通りを不忍池に向かった。

二人の浪人は尾行た。

平八郎は追った。

二人の浪人は、自分たちの背後の警戒を一切していなかった。

人の後を尾行るのは勿論《もちろん》、武芸の心得も満足にない。

金で雇われた食詰《くいつ》め浪人……。

平八郎は、二人の浪人の素性《すじょう》を読んだ。

長兵衛を乗せた町駕籠は、不忍池の畔に進んだ。

不忍池の畔に散策する者はいなかった。

長兵衛を乗せた町駕籠は、人気のない畔を進んだ。

二人の浪人は追った。

平八郎は雑木林に入り、二人の浪人たちとの間を一気に詰めた。

二人の浪人は走った。そして、長兵衛の乗った町駕籠の前後を塞《ふさ》いだ。

駕籠舁《かき》たちは驚き、町駕籠を降ろして逃げた。

「薬種問屋大黒堂の隠居の長兵衛だな」

無精髭《ぶしょうひげ》の浪人が、町駕籠の中に尋ねた。

町駕籠の垂れを開け、長兵衛が怒りを滲ませて降り立った。

「騙り者の卯之吉に金で雇われ、儂を殺しに来たか……」

長兵衛は、二人の浪人を睨み付けた。

二人の浪人は、素性と目的を見抜かれているのに僅かに怯《ひる》んだ。

「黙れ……」

二人の浪人は、刀を抜いて長兵衛に迫った。

刹那、平八郎が雑木林から現われ、二人の浪人に猛然と襲い掛かった。

二人の浪人は狼狽《ろうばい》した。

平八郎は、抜き打ちの一刀を放った。

血飛沫が飛んだ。

# 四

浪人の一人が、太股《ふともも》を斬られて横倒しに倒れた。

平八郎は、返す刀で残る浪人の刀を握る腕を斬った。

腕を斬られた浪人は、刀を落として蹲《うずくま》った。

一瞬の出来事だった。

長兵衛は、平八郎の神道無念流の剣の冴《さ》えに目を瞠《みは》った。

平八郎は、二人の浪人の刀を不忍池に放り込み、刀を突き付けた。

二人の浪人は、恐怖に震えた。

「騙り者の卯之吉に頼まれて御隠居の命を獲りに来たのだな」

「あ、ああ……」

二人の浪人は頷いた。

「名前と家は……」

「桑原秀一郎《くわばらしゅういちろう》。家は深川六間堀《ふかがわろっけんぼり》の庄助《しょうすけ》長屋……」

「お前は……」

「白崎英之助《しらさきえいのすけ》。桑原の処に厄介《やっかい》になっている」

「桑原と白崎、深川六間堀の庄助長屋か……」

平八郎は、桑原と白崎を見据えて冷たく笑い掛けた。

桑原と白崎は微かに震えた。

「さあて、卯之吉は何処にいる」

平八郎は訊いた。

「知らぬ……」

「惚けるな」

平八郎は、刀を閃《ひらめ》かせた。

桑原と白崎の着物が斬り裂かれ、薄汚れた素肌が露わになった。

「次は着物だけでは済まぬ……」

平八郎は嘲笑し、刀の切っ先を桑原の胸の肌に滑らせた。

血が赤い糸のように浮かんだ。

「本当だ。今戸の賭場で逢い、二両で雇われたんだ」

桑原は、悲鳴のように叫んだ。

「信用してくれ」

白崎は必死に訴えた。

「御隠居……」

平八郎は、長兵衛の見方を探った。

「嘘偽りはないようだ」

長兵衛は、厳しい面持ちで頷いた。

「今戸の賭場ってのは、聖天の松五郎の賭場だな……」

平八郎は尋ねた。

「そうだ。興善寺の賭場だ……」

「そこに、卯之吉は来るのか……」

「ああ。時々……」

白崎は頷いた。

卯之吉は、聖天の松五郎の今戸の賭場に時々やって来る。

「よし。此《こ》の事を卯之吉に報せれば斬る……」

平八郎は、冷たく言い聞かせた。

「わ、分かった……」

桑原と白崎は、先を争うように頷《うなず》いた。

「行け……」

平八郎は、桑原と白崎を促した。

桑原と白崎は、我先に逃げ去った。

「御苦労でした」

平八郎は、長兵衛を労《ねぎら》った。そして、離れた処で恐ろしげに見ていた駕籠舁を呼んだ。

「御隠居を店に送ってくれ」

「へい……」

駕籠舁は頷いた。

「矢吹さんはどうする」

「これから、ちょいと人に逢って今戸の賭場に行く」

平八郎は微笑んだ。

「じゃあ、卯之吉を……」

長兵衛は眉をひそめた。

「うん……」

平八郎は頷いた。

「儂も一緒に行く……」

「御隠居、賭場で騒ぎを起こすのは拙《まず》い。先《ま》ずは、卯之吉を見定めて居所を突き止め、それから恨みを晴らすのが良いでしょう」

平八郎は、長兵衛に企てを話した。

「ですから、今日の処は店に帰るんです」

長兵衛は頷いた。

「分かった。そうしよう……」

「じゃあ……」

長兵衛は、町駕籠に乗って来た道を戻って行った。

平八郎は見送り、浅草駒形町に向かった。

日暮れは近付き、烏《からす》の群れが鳴きながら上野の山に帰って行った。


隅田川の流れは夕暮れに覆われた。

浅草今戸町の興善寺の家作は、博奕打ちや客が出入りしていた。

聖天の松五郎は、壺《つぼ》振りたちと共に既《すで》に来ていた。

長次は、興善寺の家作が見える裏門前の物陰から窺っていた。

裏門では、富吉たち三下奴が警戒しながら客を迎えていた。

長次は、客の中に卯之吉らしい男を捜した。しかし、卯之吉と思われる男は中々現われなかった。

長次は見張り続けた。


鰻の蒲焼きの香りは、鰻屋『駒形鰻』の店の奥にある伊佐吉の部屋にまで漂《ただよ》って来ていた。

「そうですか、騙りに遭って首を括った小間物屋の文吉、大黒堂の隠居の倅だったのですかい」

伊佐吉は眉をひそめた。

「うむ。それで隠居の長兵衛、文吉に金を貸さなかったのを悔やみ、卯之吉に恨みを晴らそうとしている」

平八郎は、鰻重を美味そうに食べ続けた。

「長兵衛さんの気持ち、分かりますね……」

伊佐吉は茶をすすった。

「うん。で、高村の旦那、どう云っているのだ」

「昔、文吉が首を括って有耶無耶になった騙りの一件。卯之吉を捕らえられれば、それに越した事はないそうだ」

「じゃあ……」

「ああ。それ程、拘《こだわ》っちゃあいない」

伊佐吉は苦笑した。

「そいつはありがたい……」

平八郎は、饅重を食べ終えて茶をすすった。

「平八郎さん、長兵衛さんの願い、叶《かな》えてやるんですかい……」

伊佐吉は、厳しさを過らせた。

「伊佐吉、文吉の女房のおさよは、大黒堂の女中だった女でな。長兵衛は、文吉がおさよと所帯を持つのを許さず勘当した。今、長兵衛はそれを悔やみ、おさよと子供の正吉を助けようとしている。だが、おさよは長兵衛を許さず、恨んでいる……」

「そいつを何とかしてやりたいか……」

伊佐吉は、平八郎を窺った。

「うん。長兵衛が文吉の恨みを晴らせば、おさよは許してくれるかもしれぬ」

平八郎は、淋《さび》しげに告げた。

「分かった。高村の旦那には、俺から話をする」

伊佐吉は頷いた。

「ありがたい。宜《よろ》しく頼む」

平八郎は、伊佐吉に頭を下げた。

「止《よ》してくれ。今戸の賭場に行くのなら、俺も行くぜ」

「よし……」

平八郎は腰をあげた。


興善寺の家作からは、微かな熱気が洩《も》れていた。

長次は、物陰から見張り続けていた。

富吉たち三下奴は、裏門の暗がりで客を待っていた。

大店の旦那風の男がやって来た。

三下奴の一人が、訪れた大店の旦那風の男の素性を確かめて賭場に案内していった。

裏門の暗がりには富吉一人が残った。

長次は、富吉の許に駆け寄った。

「お、親方……」

富吉は驚いた。

「富吉、卯之吉は来ているか……」

「いいえ。未だです……」

「よし。外の暗がりにいる。卯之吉が来たら報せろ。さもなけりゃあ、お前が何もかも喋った事を松五郎たちに教えるぜ」

長次は脅した。

「へ、へい……」

富吉は怯え、頷いた。

喋った事を松五郎たちが知れば、無事では済まない。

長次は、素早く裏門の外の暗がりに戻った。


「長さん……」

平八郎、伊佐吉、亀吉が、裏門前の暗がりにいた。

「これはお揃《そろ》いで……」

長次は笑顔で迎えた。

「うん。卯之吉は……」

「未だです」

「そうか……」

「で、大黒堂の御隠居、どうしました……」

「そいつなんだがな……」

平八郎は、薬種問屋『大黒堂』の隠居の長兵衛とおさよ・正吉母子の拘わり、そして卯之吉の騙りの詳しい事を教えた。

「長兵衛さんの願い、叶えられると良いですね……」

長次は、小さな吐息を洩らした。

僅かな時が過ぎた。

中年の商人風の男が、興善寺の裏門にやって来た。

平八郎、伊佐吉、長次、亀吉は、様子を見守った。

富吉が暗がりから現われ、中年の商人風の男に声を掛けた。

中年の商人風の男は、笑みを浮かべて応じた。

富吉は、中年の商人風の男に頭を下げ、緊張した面持ちで裏門の外を一瞥した。

卯之吉……。

長次は、富吉が報せて来たのに気付いた。

「長さん……」

平八郎と伊佐吉は、長次の反応を窺った。

「ええ。卯之吉ですぜ」

長次は、中年の商人風の男を卯之吉だと見定めた。

卯之吉は、富吉に案内されて賭場のある家作に向かって行った。

「どうする」

伊佐吉は、平八郎を窺った。

「御隠居の長兵衛を騙し、金を巻き上げて来た松五郎も許せはしない。先ずは賭場を荒らして松五郎を叩きのめしてやる。伊佐吉親分たちは、逃げ出して来る卯之吉を押さえてくれ」

平八郎は手筈を決めた。

「承知……」

伊佐吉、長次、亀吉は頷いた。

「じゃあな……」

平八郎は、三下奴のいなくなった裏門に素早く駆け込み、暗がりに消えた。

平八郎は、家作の横手の植込みの陰に隠れた。

富吉が、家作から出て来た。

平八郎は、富吉を背後から押さえて口を塞いだ。

富吉は、驚き抗《あらが》った。

「俺だ。大人しくしろ」

平八郎は囁《ささや》き、自分の顔を見せた。

「だ、旦那……」

富吉は、平八郎に気付いて抗うのを止めた。

平八郎は、富吉を押さえていた手を離した。

「今、来た奴が卯之吉だな」

平八郎は念を押した。

「へい……」

富吉は、緊張した面持ちで頷いた。

「よし。賭場に案内しろ」

平八郎は命じた。

賭場は、煙草《たばこ》の臭いと男たちの熱気に満ち溢《あふ》れていた。

平八郎は、次の間から賭場を窺った。

松五郎が胴元の座におり、盆茣蓙《ぼんござ》を囲む客の端に卯之吉はいた。

平八郎は、仕度されている酒を湯呑茶碗に注いで飲み干し、腰に下げていた薄汚れた手拭で頬被《ほおかむ》りをした。

「何してるんだい、お侍……」

博奕打ちが、平八郎に胡散臭そうに声を掛けて来た。

平八郎は、振り向き様に博奕打ちの腕を取り、投げを打った。

博奕打ちは、悲鳴をあげる間もなく盆茣蓙に叩《たた》き付けられた。

駒札が飛び散り、盆茣蓙を囲んでいた客たちが驚いて立ち上がった。

平八郎は、聖天の松五郎に猛然と迫った。

「賭場荒らしだ。ぶち殺せ」

松五郎が喚《わめ》き、博奕打ちたちが慌てて平八郎の前に立ち塞がった。

平八郎は、立ち塞がる博奕打ちたちを殴《なぐ》り、蹴り、叩き伏せた。

客たちは我先に逃げた。

平八郎は、逃げようとしていた松五郎を押さえ、殴り飛ばした。
松五郎は、壁に激しく叩き付けられた。
家作は揺れ、壁は崩れた。
平八郎は、松五郎を引き摺《ず》りあげて尚《なお》も殴り付けた。
「野郎……」
用心棒の浪人が雄叫《おたけ》びをあげ、背後から平八郎に斬り付けた。
刹那《せつな》、平八郎は振り向きながら抜き打ちの一刀を放った。
用心棒の浪人は、刀を握る腕を斬り飛ばされた。
刀を握った腕は、血を振り撒《ま》きながら天井《てんじょう》に当たって盆茣蓙に落ちた。
用心棒の浪人は、血塗《まみ》れになって昏倒《こんとう》した。
「た、助けてくれ……」
松五郎は、恐怖に激しく震えた。
「人を嘗《な》めて騙した報《むく》いだ」
平八郎は、刀の柄頭《つかがしら》を松五郎の顔に叩き込んだ。
松五郎は、顔を血塗れにして意識を失って崩れ落ちた。
博奕打ちや客は、既に賭場から逃げ出していた。

平八郎は、刀に拭いを掛け、誰もいなくなった賭場を後にした。
賭場の客や博奕打ちたちが、興善寺の裏門から我先に駆け出して来て逃げ去った。
卯之吉が、駆け出して来た客の中にいた。
伊佐吉、長次、亀吉は、素早く卯之吉を取り囲んだ。
卯之吉はたじろいだ。
「卯之吉だな」
伊佐吉は、厳しく見据えた。
「だったらどうした……」
卯之吉は眉をひそめた。
伊佐吉は、十手《じって》を見せた。
卯之吉は、思わず身構えた。
「何故、浪人の桑原と白崎に大黒堂の御隠居を殺せと命じたのか、教えて貰おうか
……」
伊佐吉は、冷たく笑った。
次の瞬間、卯之吉は身を翻《ひるがえ》した。

刹那、伊佐吉は捕り縄を放った。
捕り縄は、卯之吉の首に巻き付いた。
伊佐吉が捕り縄を引いた。
卯之吉は、大きく仰《の》け反《ぞ》った。
亀吉が、猛然と卯之吉に飛び掛かった。
不意に暗がりから人影が飛び出し、卯之吉に縋《すが》り付くように体当たりした。
亀吉は驚いた。
伊佐吉と長次は眼を瞠った。
卯之吉は、顔を醜く歪めた。
体当たりをした人影は、薬種問屋『大黒堂』の隠居の長兵衛だった。
「文吉の仇《かたき》……」
長兵衛は、握り締めた匕首《あいくち》で卯之吉の腹を深々と突き刺していた。
「爺い……」
卯之吉は、長兵衛の首を両手で絞めた。
一瞬の出来事に亀吉は呆然とした。
「止めろ……」

伊佐吉と長次は、慌てて長兵衛と卯之吉を引き離そうとした。
長兵衛は、匕首で卯之吉の腹を刺し続けた。
卯之吉は、顔を醜く歪めて長兵衛の首を両手で絞め続けた。
伊佐吉、長次、亀吉は、必死に長兵衛と卯之吉を引き離した。
卯之吉は、腹から血を溢《あふ》れさせて仰向けに倒れた。
長兵衛は、喉を鳴らして意識を失い、その場に崩れ落ちた。
長次が、慌てて抱き留めた。
伊佐吉は、卯之吉の様子を見た。
腹を深々と抉《えぐ》られた卯之吉は、顔を醜く歪めたまま息絶えていた。
平八郎が、興善寺の裏門から出て来た。
「平八郎さん……」
伊佐吉が呼んだ。
「どうした……」
平八郎は、駆け寄って来た。
「御隠居……」
平八郎は、意識を失っている長兵衛に気が付いて驚いた。

「卯之吉を捕らえようとしていたら、いきなり飛び出して来て、止める間もなかった」

「そうか……」

平八郎は頷いた。

「亀吉、医者と人を呼んで来い」

伊佐吉は命じた。

「へい……」

亀吉は走った。

長次は、長兵衛の握り締めている血塗れの匕首を取った。

「御隠居……」

長兵衛は意識を失い、か細い息を苦しげに洩らしていた。

平八郎は、長兵衛を呆然と見詰めた。

薬種問屋『大黒堂』長兵衛は、倅の文吉を騙して首括りに追い込んだ卯之吉を己の手で殺《あや》めた。

風が吹き抜け、木々の梢《こずえ》が音を鳴らして揺れた。

騙り者の卯之吉は死んだ。

平八郎は、長兵衛を薬種問屋『大黒堂』に運んだ。

若旦那の幸助と番頭の彦造は、慌てて掛り付けの医者を呼んだ。だが、長兵衛は卯之吉に首を絞められて喉を潰され、か細い息を苦しげに鳴らすだけだった。

長兵衛の老いた顔には、既に死相が浮かんでいた。

駆け付けた掛り付けの医者は、眉をひそめて首を横に振った。

長兵衛は、苦しい息の下から何かを云おうとしていた。

「御隠居……」

平八郎は、長兵衛の口元に耳を近づけた。

「ゆ、許してくれ、おさよ……」

長兵衛は、潰された喉で譫言《うわごと》のように呟《つぶや》いていた。

平八郎は、夜更《ふ》けの町を小舟町の長屋に走った。


「御隠居さまが……」

おさよは、平八郎の話を聞いて愕然《がくぜん》と立ち尽くした。

「騙り者の卯之吉を殺し、文吉の恨みは晴らしたのだが、自分も首を絞められてな……」

「御隠居さまが文吉の仇を……」

おさよは、呆然と呟いた。

「うん。そして今、お前に許しを求めている。どうだ、長兵衛に一言、許すと云ってやってはくれぬか。この通りだ……」

平八郎は、頭を下げて頼んだ。

「お侍さま……」

おさよの顔には、迷いと躊躇《ためら》いが交錯《こうさく》した。

「おっ母ちゃん……」

寝ていた正吉が、眠い眼を擦《こす》りながら起きて来た。

「正吉……」

「おさよ。御隠居が憎いのは分かる。しかし、正吉にとっては祖父《じい》さんだ。今、逢わせてやらなければ、お前は生涯《しょうがい》、後悔する。御隠居のようにな……」

平八郎は告げた。

おさよと正吉は、長兵衛の枕元に座った。

「お父っつあん、おさよさんと正吉が来てくれましたよ」

若旦那の幸助は、意識の混濁《こんだく》している長兵衛に告げた。

「旦那さま、おさよです。正吉を連れて参りました……」

長兵衛は、懸命に眼を開けようとした。

「正吉、お祖父さんの長兵衛さまですよ。御挨拶《ごあいさつ》しなさい」

おさよは、正吉に告げた。

「うん。正吉だよ。お祖父さん……」

正吉は、元気に挨拶をした。

長兵衛は、笑おうと頰を引き攣《つ》らせて頷いた。

「お、おさよ、済まなかった……」

長兵衛は、潰された喉から懸命に嗄《しわが》れ声を出し、おさよに詫《わ》びた。

「御隠居さま……」

おさよは、声を潤ませた。

「ありがとう……」

長兵衛は笑い、息を引き取った。

「お父っつあん……」

幸助は泣き叫んだ。

「旦那さま……」

おさよは、正吉の手を握り締めて泣いた。

彦造はすすり泣いた。

平八郎は見守った。

薬種問屋『大黒堂』長兵衛は、己の息子の文吉の恨みを晴らして死んだ。


南町奉行所定町廻り同心の高村源吾は、伊佐吉から事の次第《しだい》を聞いた。そして、薬種問屋『大黒堂』長兵衛の卯之吉殺しを、悪辣《あくらつ》な騙り者への怒りの果ての所業としてお咎《とが》めなしとした。

「忝《かたじけ》のうございます。これで、大黒堂の御隠居も心置きなく成仏《じょうぶつ》できるでしょう」

伊佐吉は礼を述《の》べた。

「ああ。そうして貰いたいもんだ」

高村は笑みを浮かべた。

「それで旦那、平八郎さんの賭場荒らしは……」

「寺は寺社奉行の支配、俺たちの与《あずか》り知らぬ事だ。それに相手は博奕打ち、殺されても訴え出る事もあるまい……」

高村は云い放った。

「はい」

伊佐吉は頷いた。

「それにしても矢吹平八郎、相変わらず面白い奴だな」

「そりゃあもう……」

伊佐吉と高村は笑った。

薬種問屋『大黒堂』の主の幸助は、義姉のおさよと甥《おい》の正吉に店に戻るように誘った。だが、おさよは断わった。

幸助は、番頭の彦造と相談しておさよに金を渡し、小間物屋『紅花屋』の再建を勧《すす》めた。

おさよは頷いた。

平八郎は、相変わらず撃剣館で汗を流して居酒屋『花や』で楽しげに酒を飲んでいた。

# 第二話　酒一升《さけいっしょう》

# 一

神田川に映《は》える月明かりは、流れに揺れていた。

平八郎は、神道無念流撃剣館の門弟仲間と三河《みかわ》町で酒を飲み、神田八ッ小路を昌平橋に向かっていた。

遠くから子《ね》の刻九つ（午前零《れい》時）の鐘が鳴り響いた。

上野の東叡山寛永寺《とうえいざんかんえいじ》の鐘だった。

平八郎は、鼻歌混じりに昌平橋を渡ろうとし、袂で立ち止まった。そして、怪訝に昌平橋の上に眼を凝《こ》らした。

一人の女が、昌平橋の欄干《らんかん》に手を突いて神田川の流れを見詰めていた。

真夜中に女が一人で何をしている……。

平八郎は、女を怪訝に見詰めた。

女は若く、思い詰めた顔で神田川を見下ろしている。

身投げ……。

平八郎は、不意にそう思った。

若い女は、暗い眼で神田川の流れを見詰め、覚悟を決めたように大きく息をついた。

平八郎は眉をひそめた。

次の瞬間、若い女は欄干にあがろうとした。

やはり身投げ……。

平八郎は地を蹴った。

「止《や》めろ……」

平八郎は、神田川に飛び込もうとした若い女を摑まえ、欄干から引き離した。

「離して、離して下さい……」

若い女は、平八郎の手を振り離そうと抗った。

「落ち着け、死んでなんになる」

平八郎は、抗う若い女を懸命に押さえた。

「死なせて……」

若い女は、身を捩《よじ》って抗い、すすり泣いた。

「駄目だ。落ち着くんだ……」

平八郎は、必死に身投げを思い止《とど》まらせようとした。

若い女は泣き崩れた。

どうにか思い止まった……。

平八郎は、橋の上に座り込んで泣く若い女を見詰めた。

若い女は、未だ子供っぽさを残していた。

「さあ、家は何処だ。送るぞ……」

平八郎は、穏《おだ》やかに尋ねた。

若い女は、平八郎を見上げた。

「家なんてありません」

「家がない……」

平八郎は戸惑った。

「はい。私に帰る家なんてないんです」

若い女は、平八郎を見詰めた。

「そんな……」

「本当です。私には帰る家もなければ、親兄弟もいないんです。だから、死のうとしたんです……」

若い女は、哀《かな》しげに告げた。

「しかし……」

平八郎は困惑した。

「お侍さま、私はどうしたら良いのでしょう」

若い女は、平八郎に縋る眼差《まなざ》しを向けた。

「そ、それは……」

平八郎は言葉を失った。

夜廻りの木戸番の打つ拍子木《ひょうしぎ》の音が、甲高《かんだか》く夜空に響いた。

神田川の流れは月明かりに輝いた。


おかみさんたちの笑い声が、井戸端で賑やかに響いた。

平八郎は、眼を覚《さ》まして眉をひそめた。

騒がしい……。

平八郎は蒲団《ふとん》を撥《は》ね退《の》けて起き、微かに残っている酒を抜こうと頭を振った。

昨夜、身投げをしようとした若い女をお地蔵長屋の家に連れて来た……。

平八郎は不意に思い出し、慌てて家の奥を振り返った。

破れた衝立《ついたて》の向こうには、粗末な蒲団が畳《たた》まれていた。

若い女はいなかった。

まさか……。

平八郎は、慌てて立ち上がって腰高障子に駆け寄り、勢い良く開けた。

お地蔵長屋の井戸端では、おかみさんたちがお喋りをしながら朝飯の仕度をしていた。

「あっ。お早うございます」

鍋を洗っていた若い女が、おかみさんたちの間から立ち上がり、平八郎に明るく笑い掛けた。

「隅《すみ》に置けないね。平八郎の旦那……」

大年増のおさだが、肥った身体を揺らした。

「よっ、色男……」

おさだたちおかみさんは、平八郎を賑やかに冷やかした。

恐れた事態が起こった。

平八郎は、思わず家の中に入って腰高障子を閉めた。

おさだたちおかみさんの笑い声が響いた。

おのれ……。

平八郎は困惑した。

若い女が、洗った鍋を持って入って来た。

「何をしている」

平八郎は、思わず咎めた。

「何って、朝御飯の仕度ですよ」

若い女は、慣れた手付きで竈《かまど》に火を熾《おこ》し始めた。

平八郎は、戸惑いを覚えた。

若い女は、昨夜とは打って変わって別人のように明るい。

竈の火は燃え上がった。

「矢吹平八郎さまですか……」

若い女は、平八郎に笑顔を向けた。

笑顔は、燃え上がった炎に照らされて輝いた。

「うん。お前は……」

平八郎は、若い女の名を知らなかった。

「ゆみです」

若い女は名乗り、水を張った鍋を竈に掛けた。

「ゆみ、おゆみか……」

「はい」

おゆみは、返事をしながら台所の隅にあった野菜屑《くず》を切り刻み始めた。

慣れた包丁捌《さば》きだった。

「歳は幾《いく》つだ」

平八郎は尋ねた。

一瞬、おゆみは包丁を持つ手を止めた。

「十八歳……」

おゆみは、再び野菜屑を切り刻み始めた。

嘘だ……。

平八郎の直感が囁《ささや》いた。

「十八か、本当は幾つだ」

「だから十八……」

「本当は……」

平八郎は厳しく遮った。

「十六……」

おゆみは、野菜を切り刻み終えて鍋の湯の具合をみた。

「十六……」

平八郎は眉をひそめた。

未だ子供だ……。

おゆみは、竈に薪《まき》を焼《く》べて火の具合を整えていた。

「そうか、十六歳か……」

十六歳にしては台所仕事の手際《てぎわ》が良い。

平八郎は、密《ひそ》かに感心した。

竈に掛けた鍋が湯気を立ち昇らせた。

おゆみは、切り刻んだ野菜を鍋の湯に入れた。そして、釜の底に残っていた冷や飯を笊《ざる》に取った。

平八郎の腹が鳴った。

おゆみは、明るく笑った。

平八郎は、苦笑するしかなかった。

野菜雑炊《ぞうすい》は美味かった。

平八郎とおゆみは、朝飯の野菜雑炊を食べ終えた。

「美味かった……」

平八郎は箸を置いた。

「良かった」

おゆみは、茶を淹《い》れて平八郎に差し出した。

「どうぞ……」

「うん……」

平八郎は茶をすすった。

「処でおゆみ、どうして身投げなんかしようとしたんだ」

「それは……」

おゆみは言い淀《よど》んだ。

「十六歳の若さで死のうとしたんだ、訳がない筈はない。違うか……」

平八郎は、おゆみを見据えた。

おゆみは項垂れた。

「おゆみ、決して悪いようにはしない。教えてくれ」

「はい。私、四ッ谷《よや》御門外に住んでいる奥医師の片倉秀斎《かたくらしゅうさい》さまのお屋敷に女中奉公をしている者です」

おゆみは眉をひそめた。

「奥医師の片倉秀斎……」

平八郎は戸惑った。

「はい……」

「それで何故、身投げを……」

平八郎は尋ねた。

「私、聞いてしまったんです。旦那さまと用人の市川伝内《いちかわでんない》さまが、大内《おおうち》さまと申されるお旗本に毒を盛って殺したと……」

おゆみは、恐ろしそうに身震いした。

「毒を盛って殺した……」

平八郎は、緊張を過らせた。

「それで私、驚いて思わず……」

「物音でも立てたか……」

「はい。そうしたら旦那さまと市川さまがお怒りになって……」

「おゆみを捕まえようとしたか……」

「はい。旦那さまが私を捕まえて殺せと、恐ろしい顔で市川さまに命じたんです。それで私、恐ろしくなって逃げたんです」

おゆみは、恐怖に顔を歪めて震えた。

「で、外濠《そとぼり》から神田川沿いを逃げて、四ッ谷御門外から昌平橋迄来たのか……」

「はい。何処に逃げて良いか分からず、とにかくお堀端を逃げたんです」

「そうだったのか……」

「はい……」

おゆみは頷いた。しかし、夜中に昌平橋にいた訳は分かったが、身投げをしようとした理由は未だなのだ。

「処でおゆみ、昨夜、お前は帰る家もなければ、親兄弟もいないと云っていたが、そいつは本当なのか……」

「私の父は浪人だったのですが五年前に病《やまい》で亡くなり、母もやはり二年前に。それで、知り合いの口利《くちき》きで、奥医師の片倉秀斎さまのお屋敷に住込み奉公にあがったのです」

「そうか。で、昌平橋迄来て、どうした……」

平八郎は促した。

「このままでは、私は旦那さまや市川さまたちに殺される。そう思ったら私、恐ろしくて哀しくて、もうどうして良いか分からなくなって……」

おゆみの眼に涙が溢れた。

「身投げをしようと思ったのか……」

平八郎は眉をひそめた。

「はい。亡くなった両親のいる処に行こうと思って……」

おゆみはすすり泣いた。

そこには、天涯孤独で運の悪い十六歳の娘がいる。

平八郎は、おゆみを哀れみ、己も天涯孤独の身なのを思い出した。

「分かった。此処で良ければ、暫《しばら》くいるがいい……」

「本当ですか……」

おゆみは、涙で濡れた眼を輝かせた。

「うん。しかし、長屋のおかみさんたちには、遠縁の娘で奉公先が見つかる迄、厄介になると云うんだ。いいな」

「はい。おかみさんたちには姪《めい》だと云ったんです。でも、おかみさんたち、平八郎さまをからかって……」

おゆみは、思い出し笑いをした。

「おのれ……」

平八郎は、一枚上手《うわて》のおかみさんたちに苦笑するしかなかった。


古い地蔵尊の頭は光り輝いていた。

平八郎は、古い地蔵尊に手を合わせ、辺りを油断なく窺った。

お地蔵長屋の中や木戸、そして表に不審な者はいなかった。

おゆみの話が本当なら、奥医師片倉秀斎の手の者が追っている筈だ。

今の処、おゆみの足取りは摑まれてはいない……。

平八郎は見定め、古い地蔵尊の光り輝く頭をさっと一撫でしてお地蔵長屋を出た。


大川《おおかわ》には様々な船が行き交っていた。

浅草駒形堂前の鰻屋『駒形鰻』からは、蒲焼きの美味そうな香りが漂っていた。

平八郎は、鰻屋『駒形鰻』の暖簾を潜った。

「いらっしゃいませ」

小女のおかよの威勢の良い声が、平八郎を迎えた。

「おう。邪魔するよ」

「あっ、平八郎さま。女将さん、平八郎さまがお見えですよ」

おかよは、板場に声を掛けた。

女将のおとよが、板場から出て来た。

「あら、矢吹さま、おいでなさいまし」

おとよは、平八郎をにこやかに迎えた。

「親分、いますか……」

「ええ。おかよ……」

「はい。若旦那にお報せします」

おかよは、店の奥に急いだ。

「矢吹さま、お変わりございませんか……」

「ええ。お陰さまで……」

「矢吹さま、うちの伊佐吉に良い女はいるんですかね……」

おとよは、いきなり声を潜めて訊いて来た。

「えっ……」

平八郎は戸惑った。

「いえね。この前、伊佐吉にお見合い話がありましてね」

「ほう、見合いですか……」

「ええ。小間物屋の娘さんで、結構な話なんですよ。それなのに伊佐吉、断わりましてね。矢吹さま、伊佐吉には言い交わした女でもいるんですかねえ」

おとよは、眉根を寄せた。

「さあ、伊佐吉から女の話は聞いた事はないな……」

平八郎は首を捻った。

「本当ですか……」

おとよは、平八郎に疑いの眼を向けた。

「ええ、本当です」

平八郎は、真面目《まじめ》な顔で頷いた。

「そうですか……」

おとよの眼から疑いは消えなかった。

おかよが、奥から戻って来た。

「平八郎さま、若旦那がどうぞお上がりくださいって……」

「うん。じゃあ女将さん……」

「矢吹さま。鰻重をお持ちしますので……」

おとよは、伊佐吉には内緒だと唇《くちびる》に人差し指を当てた。

「心得ました」

平八郎は、嬉しげに頷いた。


若旦那の伊佐吉は、平八郎に茶を淹れて差し出した。

「どうぞ……」

「造作を掛けるな……」

「で、御用は……」

「うん。実はな、片倉秀斎と云う奥医師が大内と云う旗本に毒を盛ったらしい……」

平八郎は茶をすすった。

「毒……」

伊佐吉は眉をひそめた。

「ああ。そいつを見定めたいのだが、どうしたらいい」

「奥医師の片倉秀斎が、大内って旗本に毒を盛ったんですかい」

伊佐吉は念を押した。

「まあ、かもしれないって処だ」

平八郎は、話をぼやかした。

「平八郎さん、その話、出処は何処です」

伊佐吉は厳しさを滲ませた。

「う、うん。そいつはちょいと勘弁してくれ」

平八郎は、微かに狼狽えた。

話の出処を教えれば、嫌でもおゆみの事になる。そして、今の居所になるのだ。

平八郎は、己の家におゆみがいるのを未だ知られたくなかった。

「何か訳がありそうですね……」

伊佐吉は苦笑した。

「まあな。で、どうしたらいい……」

平八郎は、話を先に進めた。

「先ずは、奥医師の片倉秀斎の患者に大内って旗本を捜すか、病で死んだとお上に届けた大内って旗本を捜す……」

伊佐吉は、二通りの手立てを教えた。

「病で死んだと、公儀に届けた旗本の大内を捜すのが早そうだな」

「ええ。これから南の御番所の高村の旦那の処に行きますから、聞いてみますか……」

「そうしてくれると、ありがたい……」

平八郎は、顔を輝かせた。

鰻の蒲焼きの香りが、小女のおかよの軽い足音と共にやって来た。


南町奉行所は、外濠に架かっている数寄屋橋御門内にある。

伊佐吉は、平八郎を表門脇の腰掛けに待たせて同心詰所に入って行った。

平八郎は腰掛け、物珍しそうに町奉行所内を見廻した。

僅かな時が過ぎた。

伊佐吉が、同心詰所から出て来た。

平八郎は、腰掛けから立ち上がって伊佐吉を迎えた。

「どうだった」

「ええ。高村の旦那が、与力の結城《ゆうき》さまたちに聞き廻ってくれまして。漸く分かりましたぜ」

「分かったか……」

「ええ。今日の朝、大内頼母《たのも》って二千石取りの旗本が病の末に死んだと御公儀に届けられたそうで」

「大内頼母……」

「はい。毒を盛られたかどうかは分からないが、病の末に死んだって話ですぜ」

「病の末って事は、長い間、患《わずら》っていたのかな……」

「きっと……」

「じゃあ、奥医師の片倉秀斎の患者だったのかもしれないか……」

「ええ……」

奥医師は、将軍とその家族の診療が役目だが、非番の時には大名旗本や分限者《ぶげんしゃ》などを診察し、多額の薬代と礼金を受け取っている。

御公儀に死亡届を出した旗本の大内頼母が、奥医師の片倉秀斎の患者だったのなら、おゆみの話は本当だと信じて良い。

「分からねえのは、大内頼母がどうして毒を盛られたかだな……」

伊佐吉は眉をひそめた。

「うん。いろいろ造作を掛けたな。先ずは大内家を探ってみる。屋敷は何処だ」

「赤坂《あかさか》御門内の諏訪《すわ》坂だそうですが、一人で大丈夫ですかい……」

「ま、何とかなるだろう。じゃあな……」

平八郎は、赤坂御門内の大内屋敷に向かった。

二

南町奉行所から赤坂御門内に行くには、日比谷《ひびや》御門を抜けて外桜田《そとさくらだ》から霞《かすみ》ヶ関《せき》、永田《ながた》町を通って行くと近い。

平八郎は、赤坂御門から諏訪坂を進んだ。

諏訪坂は西に紀伊《きい》国和歌山《わかやま》藩江戸中屋敷があり、東には旗本屋敷が並び、平川《ひらかわ》町と山元《やまもと》町の町方の地に続いている。

平八郎は、諏訪坂の途中にある大内屋敷の前に佇んだ。

大内屋敷は二千石取りであり、表門を閉めて静けさに覆われていた。

平八郎は、大内屋敷の様子を窺った。

「大内さまのお屋敷に何か御用か……」

辻番の者たちが、平八郎の許にやって来た。

「う、うん。大内頼母さまがお亡くなりになったと聞いて来たのだが、本当かな」

平八郎は、心配そうに眉をひそめた。

「おぬしは……」

辻番は、平八郎を胡散臭げに見詰めた。

「うん。昔、大内家のお世話になった者だ」

平八郎は、大内家縁《ゆかり》の者を装《よそお》った。

「そうか。大内頼母さま、昨日の朝、長患いの果てにお亡くなりになった。今日は菩《ぼ》提寺《だいじ》で弔《とむら》いだ」

「やはり、そうか。奥医師の往診《おうしん》を受けていると聞いて、安心をしていたのだが……」

平八郎は、哀しげに吐息を洩らした。

「うむ。一昨日も奥医師の片倉秀斎さまが往診にみえていたんだがな……」

辻番の者は、静かな大内屋敷を眺めた。

辻番とは武家地の自身番であり、大名家のものと旗本が数家で持つ組合辻番がある。

「そうか、大内頼母さまを往診していた奥医師は片倉秀斎さまか……」

平八郎は、睨み通りなのを知った。

「うむ。ま、手を合わせたいのなら菩提寺に行くのだな……」

辻番たちは、平八郎を残して辻番に戻って行った。

旗本の大内頼母は病死ではなく、奥医師の片倉秀斎に毒を盛られて殺されたのだ。

おゆみの話は、嘘偽りではないのだ。

だが、何故だ……。

奥医師の片倉秀斎が、長患いの旗本大内頼母に毒を盛ったのは何故だ。

片倉秀斎はどんな奴なのか……。

平八郎は、奥医師の片倉秀斎に逢いたくなった。

「平八郎さん……」

長次が駆け寄って来た。

「やあ、長次さん……」

「伊佐吉親分にざっとの話は聞きましたよ」

長次は、南町奉行所に行って伊佐吉に逢い、平八郎を手伝いに来たのだ。

「そうですか……」

平八郎は苦笑した。

「で、亡くなった大内頼母と奥医師の片倉秀斎との拘わり、どうでした」

長次は、伊佐吉の死んだ父親の代から手先を務める老練な男であり、伊佐吉や同心の高村源吾の信頼も厚かった。そして、平八郎とも何度となく一緒に探索をしていた。


「睨み通りだったよ」

「やっぱりね。で、どうします」

「うん。片倉秀斎の屋敷は遠くはない、これから行ってみる」

「お供しますぜ」

「ありがたい……」

平八郎と長次は、四ッ谷御門外の片倉秀斎の屋敷に向かった。

平八郎と長次は、赤坂御門を潜って外濠沿いの道を喰違《くいちがい》に向かった。

喰違を過ぎると四ッ谷御門だ。

平八郎と長次は、四ッ谷御門外の片倉秀斎の屋敷に急いだ。

奥医師の片倉秀斎の屋敷には、弟子の医生たちが出入りしていた。

「流石《さすが》に奥医師、弟子らしい若いのが大勢いるようですね」

「うん……」

奥医師が出掛ける時には、供廻りの侍が二人、挟箱《はさみ》持、薬箱持、長柄《ながえ》持、草履取《ぞうりとり》、それに駕籠を担ぐ陸尺《ろくしやく》が四人の〆《しめ》て十人とされている。そして、奥医師には弟子である多くの医生がいる。

「おっ……」

平八郎と長次は、物陰から片倉屋敷を見守った。

町方の若い男が、外濠の方から急ぎ足でやって来た。

長次は、町方の若い男を見て眉をひそめた。

「知っている奴ですか……」

「ええ、岡っ引の鮫《さめ》ヶ橋《はし》の善三《ぜんぞう》の下っ引の平助《へいすけ》って奴です」

長次は、やって来た町方の若い男を示した。

「下っ引の平助……」

平八郎と長次は、下っ引の平助を見守った。

平助は、片倉屋敷に近付いた。

片倉屋敷に来た……。

平八郎と長次は戸惑った。

平助が片倉屋敷の潜り戸を叩こうとした時、中から中年の武士と二人の医生が出て来た。

「こりゃあ、市川さま……」

平助は、出て来た中年の武士に会釈をした。

「おお、平助、何か分かったか……」

中年の武士は、片倉家用人の市川伝内なのだ。

「はい。おゆみらしき娘が、外濠沿いを市《いち》ヶ谷《や》御門の方に行くのを見掛けた者を漸く見つけました」

平助は告げた。

「外濠沿いを市ヶ谷御門の方に……」

市川は、厳しさを過らせた。

「はい。それで、うちの善三親分たちが市ヶ谷御門に向かいましたが、市ヶ谷、牛込《うしごめ》御門の辺りに、おゆみが立ち廻りそうな処はありませんかい……」

「さあ。おゆみは天涯孤独の娘でな。此《これ》と云った立ち廻り先は……」

市川は首を傾げた。

「分かりませんか……」

「ああ。だが、女中や下男などの奉公人仲間が何か聞いているかもしれないな……」

「訊いてみて戴けますか……」

「承知した……」

「それから、おゆみの顔を見定める事の出来る人を……」

「よし。坂崎《さかざき》、河野《こうの》、お前たち、平助と一緒に行け」

市川は、一緒に潜り戸を出て来た坂崎と河野の二人の医生に命じた。

「心得ました」

「じゃあ、あっしは戻りますが、立ち廻りそうな処が分かったら、直《す》ぐに報せて下さい」

「うむ……」

市川は頷いた。

「では、御免《ごめん》なすって……」

平助は、坂崎や河野と外濠に向かい、市川は片倉屋敷に戻った。

奥医師の片倉秀斎と用人の市川伝内は、逃げたおゆみ捜しを土地の岡っ引の鮫ケ橋の善三に頼んでいた。

岡っ引は探索に馴《な》れ、自身番や木戸番は勿論、裏渡世《うらとせい》の者にも顔が利《き》く。どのような手を使って、おゆみを捜し出すか分からない。

平八郎は緊張した。

「おゆみか……」

長次は眉をひそめた。

「長次さん、鮫ヶ橋の善三って岡っ引、どんな奴かな」

平八郎は、遮るように訊いた。

「鮫ヶ橋の善三ですか……」

「うん……」

「金に汚い下司《げす》野郎、真っ当な岡っ引じゃありませんぜ」

長次は吐き棄てた。

「真っ当じゃあない……」

平八郎は、微かな焦りを感じた。

「片倉秀斎が岡っ引を雇って捜しているとなると、おゆみって女、大内頼母に毒を盛った一件に拘わっているようですね」

長次は睨んだ。

「うん。長次さん、仔細は後で話す。俺は奴らを追ってみる」

平八郎は、長次にそう云い残して下っ引の平助と医生の坂崎、河野を追った。

長次は、平八郎に焦りを見た。

平八郎は、おゆみと云う女と何らかの拘わりがある。そして、おゆみが今度の一件の火元なのかもしれない。

長次の勘が囁いた。

「おゆみか……」

長次は苦笑した。


外濠に風が吹き抜け、水面は揺れて煌めいた。

平八郎は、外濠沿いの道を市ヶ谷御門に行く平助、坂崎、河野を追った。

平助、坂崎、河野は、足早に進んでいた。

奴らは、おゆみの口を封じる気だ。

そうはさせるか……。

平八郎は追った。

陽は西に傾き始めた。

夕暮れ時が近付いた。

片倉屋敷の表門脇の潜り戸が開いた。

長次は、物陰に隠れた。

頭巾《ずきん》を被った初老の男が、用人の市川伝内を従えて潜り戸から出て来た。

奥医師の片倉秀斎……。

長次は、頭巾を被った初老の男の正体を睨んだ。

片倉は微行《びこう》で何処かに行く……。

長次は、片倉の動きを読んだ。

片倉秀斎は、市川を従えて外濠に向かった。

長次は尾行《つけ》た。


外濠は夕暮れに覆われた。

片倉秀斎と市川伝内は、外濠沿いの道を市ヶ谷御門とは反対の喰違に向かった。

長次は追った。

片倉と市川は、喰違と和歌山藩江戸中屋敷の傍《そば》を抜けて、赤坂御門外を一ツ木丁《ひとつぎ》の通りを進んで氷川明神《ひかわみようじん》に向かった。そして、氷川明神門前町の料理屋『江戸春《えどはる》』の暖簾を潜った。

長次は見届けた。

片倉と市川は、料理屋『江戸春』で誰かと逢う。

長次は睨んだ。

逢う相手は誰なのか……。

長次は、見定める手立てを考えた。


牛込御門は、暮六つ（午後六時）と共に門を閉じた。

下っ引の平助は、坂崎や河野と牛込御門の袂に佇んだ。

平八郎は見守った。

岡っ引風の中年男が、二人の手先を従えて神楽坂《かぐらざか》から下りて来た。

「親分……」

岡っ引風の中年男は、鮫ヶ橋の善三だ。

「どうだった平助……」

平八郎は見定めた。

「へい。市川さま、市ヶ谷、牛込界隈《かいわい》におゆみの立ち廻りそうな処に心当たりはないそうです」

「ないか……」

善三は眉をひそめた。

「それで今、お屋敷の奉公人仲間にも訊いて貰っています」

「そうか。よし、こうなりゃあ、小石川《こいしかわ》御門から水道橋《すいどうばし》、昌平橋界隈を捜す」

「へい……」

平助と二人の手先は頷いた。

「おゆみが、お屋敷から逃げたのは夜。それから女の足でこっちに来たなら夜中だ。夜鳴蕎麦屋なんかの夜の商《あきな》いをしている奴と木戸番に聞き込むんだ。いいな……」

善三は命じた。

「へい……」

平助と二人の手先は頷いた。

「じゃあ、一刻（約二時間）後に昌平橋の袂だ」

「へい。じゃあ……」

平助と二人の手先は、夕暮れの町に散った。

「お前さんたちは、あっしと一緒に来て貰う」

善三は、坂崎と河野に告げた。

「ああ……」

坂崎と河野は頷いた。

万一、平助たちがおゆみを見つけたとしても、先ずは親分の善三に報せる筈だ。

平八郎はそう読み、善三を見張る事に決めた。


氷川明神門前町の料理屋『江戸春』は、大店の旦那たちで賑わっていた。

片倉秀斎と市川伝内は、『江戸春』に入ったままだった。

片倉の相手と思われる客が、訪れた様子は感じられない。

片倉と市川が来た時には、既に『江戸春』に来ていたのかもしれない。

長次は、微かな焦りを感じた。

大店の旦那たちが、女将や仲居たちに見送られて帰って行った。

女将や仲居たちは店に戻り、下足番の老爺《ろうや》が店先の掃除をし始めた。

よし……。

長次は、下足番の老爺に駆け寄った。

「父っつあん……」

長次は呼び掛けた。

下足番の老爺は、長次に怪訝な眼を向けた。

長次は、懐の十手を僅かに見せた。

「こりゃあ、親分さん……」

老爺は戸惑った。

「父っつあん、ちょいと訊きたいんだが、奥医師の片倉秀斎さま、誰と逢っているんだい」

「えっ……」

老爺は戸惑いを浮かべた。

「心配するな。此処だけの話だ」

長次は、老爺に素早く小粒を握らせた。

「後で一杯やってくんな」

「こいつは親分さん……」

老爺は、皺《しわ》だらけの口元を綻《ほころ》ばせた。

「片倉さま、誰と逢っているんだい」

「へい。小嶋兵部《こじまひょうぶ》さまと仰る御旗本と逢っていますよ」

老爺は、辺りを窺って囁いた。

「小嶋兵部……」

長次は眉をひそめた。

毒を盛られた旗本の大内頼母と拘わりがあるのか……。

長次は、小嶋兵部が気になった。

「よし。父っつあん、その小嶋兵部が帰る時、ちょいと教えてくれないかな」

「へい。承知しました……」

老爺は、小粒を握り締めて引き受けた。

「宜しく頼むぜ」

長次は、親しげな笑みを浮べた。


外濠は、江戸川や神田上水と結んで神田川になる。

岡っ引の鮫ヶ橋の善三は、坂崎や河野と聞き込みをしながら進み、神田川に架かる昌平橋の袂に佇んだ。

平八郎は、物陰から見張り続けた。

善三の追跡は、次第《しだい》におゆみに近付いて来ている。

平八郎は、善三たちが昌平橋からさっさと両国に進むのを願った。

平助と二人の手先が、明神下の通りと八ッ小路から善三の許に駆け寄って来た。

「どうだ……」

「あっしの方は駄目です」

平助は、苛立たしげに告げた。

「あっしたちもです」

二人の手先は、疲れた声を洩らした。

「そうか……」

善三は吐息を洩らした。

平助は睨んだ。

「親分、おゆみは両国から本所深川に逃げたんじゃあないですかね」

「かもしれねえな……」

善三は、神田川の流れの向こうにある両国を眺めた。

平八郎は見守った。

拍子木の音が、甲高く鳴り響いた。

木戸番が、夜廻りで打ち鳴らす拍子木の音だった。

平八郎は、何故か微かな緊張を覚えた。

夜廻りの木戸番が、湯島《ゆしま》一丁目の路地から拍子木を打ち鳴らしながら現われた。

善三は、夜廻りの木戸番を呼び止めて十手を見せた。

「こりゃあ親分さんで……」

「ああ、鮫ヶ橋の善三って者だが、昨日の夜中、此の辺りで若い女を見掛けなかったかな」

善三は尋ねた。

「若い女ですかい……」

木戸番は眉をひそめた。

「ああ……」

「さあ、夜中に若い女ってのは……」

木戸番は首を捻った。

「見なかったか……」

「ええ。若い浪人さんと一緒の若い女なら見掛けましたがね」

木戸番は、何気なく告げた。

平八郎は、おゆみを連れて明神下の通りに向かう時、拍子木の甲高い音を聞いたのを思い出した。

そいつが、微かに緊張した理由だった……。

平八郎の緊張は募った。

「若い浪人と一緒にいた……」

善三は眉をひそめた。

「ええ……」

「どんな女と浪人だった」

「女は若かったけど、見掛けない顔でした」

「浪人はどんな奴だ……」

「若い浪人さんで、時々此の界隈で見掛けますぜ」

「此の界隈で見掛ける……」

「ええ。昼も夜も見掛けますから、此の界隈で暮らしている筈ですよ」

「浪人の住まいは分かるか」

「そこ迄は。でも、形《なり》から見て、ありゃあ長屋住まいでしょうね」

「長屋か……」

「ええ。薄汚れた着物と袴、安酒の臭い、歪んで解《ほっ》れた髷《まげ》。ありゃあ、どう見ても貧乏浪人ですよ……」

　木戸番は笑った。

　貧乏浪人で悪かったな、お喋り野郎……。

　平八郎は、腹の中で木戸番を罵《ののし》った。

「親分……」

「どう思う、平助……」

「へい。若い浪人、捜した方が良いんじゃありませんか……」

「うむ。で、その若い浪人と若い女、どっちに行ったんだい」

　善助は、木戸番に訊いた。

「へい、昌平橋から明神下の通りに……」

「明神下の通りか……」

　善三と平助は、暗い明神下の通りを眺めた。

　明神下の通りは、昌平橋から不忍池を結んでいる。

「よし。明日から明神下の通りにある町の長屋を洗うぜ」

　善三は、平助と二人の手先、そして坂崎と河野を伴って来た道を戻り始めた。

　さあて、どうしてくれる……。

平八郎は、厳しい面持《おもも》ちで帰って行く善三たちを見送った。

三

料理屋『江戸春』から三味線《しやみせん》の爪弾《つまび》きが洩れていた。
長次は見張った。
『江戸春』の店先に下足番の老爺が現われ、長次に頷いて戻って行った。
旗本の小嶋兵部が帰る……。
長次は、物陰に隠れて見守った。
中年の武士が、女将や仲居、下足番の老爺たちに見送られて出て来た。
小嶋兵部だ……。
長次は見定めた。
小嶋兵部は、料理屋『江戸春』を出て氷川明神の鳥居前に向かった。
長次は、暗がり伝いに追った。
小嶋兵部は、氷川明神鳥居前から陸奥《むつ》国中村《なかむら》藩江戸中屋敷の表門前に進み、麻布《あざぶ》なだれ坂を抜けて市兵衛《いちべえ》町に入った。そして、飯倉片町《いいぐらかたまち》との間にある中《なか》ノ町の武家屋敷街に向かった。

長次は慎重に尾行た。

小嶋兵部は、一軒の武家屋敷に入った。

長次は見届けた。

旗本の小嶋兵部は、麻布中ノ町の屋敷に住んでいる。

小嶋兵部は、どのような旗本なのか……。

毒を盛られた旗本の大内頼母と拘わりがあるのか……。

長次は、夜の静寂《せいじゃく》に包まれた小嶋屋敷を見詰めた。


古い地蔵尊の頭は、月明かりに蒼白《あおじろ》く輝いていた。

平八郎は、お地蔵長屋に戻った。

お地蔵長屋の家々は寝静まっていた。

平八郎は辺りに不審がないのを見定め、自分の家の腰高障子を小さく叩いた。

「誰ですか……」

おゆみの警戒する声がした。

「俺だ……」

平八郎は告げた。

「あっ……」

おゆみは嬉しげな声をあげ、心張棒《しんばりぼう》を外して腰高障子を開けた。

平八郎は、素早く家に入った。

「おかえりなさい」

おゆみは、安堵の面持ちで平八郎を迎えた。

「うん……」

家の中には行燈《あんどん》の火が小さく灯《とも》され、夕食の仕度がされていた。

「今、お味噌汁《みそしる》を温めます」

おゆみは土間におり、竈に鍋を掛けて火を熾した。

「おゆみ、片倉家用人の市川伝内は、鮫ヶ橋の善三って岡っ引にお前を捜させている」

平八郎は教えた。

おゆみは、微かに顔色を変えて怯えを滲ませた。

「そして善三たちは、昨夜遅くお前が俺と一緒にいたのを突き止め、明日からこの界隈を探し始める筈だ」

「そんな……」

おゆみは不安を浮かべた。

「心配するな。おゆみにはもっと安心出来る処に行って貰う」

平八郎は、おゆみを安心出来る場所に移して探索を続けようと考えた。

「もっと安心出来る処……」

「そうだ」

平八郎は頷いた。

「じゃあ、この長屋から出て行くんですか」

おゆみは、淋《さび》しさを過らせた。

「ああ。おゆみ、仔細は飯を食べてからだ」

平八郎は、おゆみを落ち着かせるかのように笑った。

温められた味噌汁の香りが、狭い家の中に漂い始めた。

翌朝、お地蔵長屋に来た長次は、平八郎に奥医師片倉秀斎の昨夜の動きを報せた。

「そうか、あれから片倉秀斎、氷川明神門前の料理屋に出掛け、小嶋兵部って旗本と逢ったのですか……」

平八郎は眉をひそめた。

「ええ。小嶋兵部、麻布中ノ町に住んでいる二百石取りの小普請組《こぶしん》でしてね。ちょいと気になる野郎ですぜ」

長次は笑みを浮かべた。

「うん。大内頼母と拘わりがあるのかな……」

「そいつは、うちの親分が高村の旦那に調べて貰いに行きましたよ」

「そうですか……」

長次のやる事に抜かりはない。

「それで平八郎さん、あれからどうしたんです……」

「うん。平助たちは親分の善三たちと、牛込御門で落ち合いましてね……」

「おゆみ捜しですか……」

長次は、平八郎を窺った。

「う、うん……」

平八郎は言葉を濁《にご》した。

長次は、平八郎が急に歯切れが悪くなったのに気付いた。

「で、善三たちどうしました」

長次は、笑みを滲ませた眼を平八郎に向けた。

「昌平橋でおゆみの足取りを摑んだようだ」

平八郎は、躊躇いがちに告げた。

「昌平橋でねえ……」

長次は、平八郎とおゆみが拘わりがあるのを確信した。

「長次さん……」

平八郎は覚悟を決めた。

「何ですか……」

「実はな、昨夜迄、おゆみは此処にいたんだ」

平八郎は、昨夜の内におゆみを安心出来る処に連れて行っていた。

「やっぱりねえ……」

長次は苦笑した。

「気が付いていたのか……」

「いえ。鍋釜と茶碗や皿が、珍しく綺麗《きれい》に片付けられていますからね……」

長次は台所を示した。

「そうか……」

「それに、平八郎さんが妙に落ち着かない様子でして……」

「未だ未だ修行が足らないか……」

平八郎は苦笑した。

「ええ。特に女との拘わりについてね……」

「うん……」

平八郎は素直に頷いた。

「じゃあ、仔細を話して戴けますか……」

「勿論だ。一昨日の夜……」

平八郎は、昌平橋で身投げをしようとしていたおゆみと出逢った事から話し始めた。

おかみさんたちが、井戸端で洗濯《せんたく》を始めたのか賑やかな笑い声が響いた。

おかみさんたちは、楽しげにお喋りをしながら洗濯に励《はげ》んでいた。

下っ引の平助が、手先の一人と木戸から入って来た。

「邪魔をするぜ……」

平助は十手を見せた。

おかみさんたちは、顔を見合わせてお喋りを止めた。

「ちょいと訊きてえんだがな……」

平助は、これみよがしに十手を弄び、居丈高《いたけだか》な口を利いた。

「お前さん、何処の親分さんの身内だい」

大年増のおさだは、肥った身体を揺らして平助を遮った。

「俺か、俺は鮫ヶ橋の善三親分の身内だ」

「鮫ヶ橋の善三親分なんて知らないねえ……」

おさだは、平助の態度が気に入らなかった。

「何だと……」

平助は、微かな怒りを過らせた。

「で、何が訊きたいんだい」

おさだは苦笑し、平助の微かな怒りを巧《たく》みに誤魔化した。

平八郎は、おかみさんたちが急に静かになったのに不審を抱いた。

お喋りはいつも四半刻は続く筈なのだ。だが、今朝は直ぐに終わった。

妙だ……。

平八郎は、台所の窓を僅かに開けて井戸端を窺った。

井戸端には、おかみさんたちに聞き込む平助と手先がいた。

「長次さん……」

平八郎は、窓を覗《のぞ》いたまま長次を呼んだ。

「平助の奴ですか……」

「うん……」

平八郎は頷いた。

長次は、平八郎の隣から窓を覗いた。

「思ったより、早く来たな」

平八郎は苦笑した。


「若い浪人……」

おさだは聞き返した。

「ああ。この長屋にいるって聞いたんだがな」

平助は、厳《いかめ》しい面持ちで告げた。

「ええ。いますよ」

「どの家だ……」

「奥の家だけど……」

おさだは、平八郎の住む奥の家を振り返った。

「そこに若い女はいないかい……」

「若い女……」

おさだは眉をひそめた。

「ああ……」

「私は知らないけど。みんな、知っているかい……」

おさだは惚《とぼ》けた。

おかみさんたちは、おさだを見て首を横に振った。

「みんなも知らないってさ……」

「兄貴……」

手先が、平助を促した。

「ああ、行ってみるか……」

平助と手先は、平八郎の家に向かった。

「気を付けなよ。寝起きの悪い人だから、下手《へた》をしたら首を斬り飛ばされるよ」

「何……」

平助と手先は、足を止めて振り返った。

「何て云ったって、何処かの剣術道場で鬼と呼ばれる程の使い手だそうでしてね。この間も賭場で作った借金の取立てに来た博奕打ちを半殺しにしていましたからね。ねえ」

おさだは、おかみさんたちに同意を求めた。

「ああ。あれは凄かったよね」

おかみさんの一人が、話の調子を合わせた。

「かっとしたら、何をするか分からない人だから、親分さんたちも気を付けた方がいいですよ」

おさだたちおかみさんは洗濯を続けた。

「兄貴……」

手先は、怯えを過らせた。

「行くしかねえ……」

平助は、怒ったように眉根を寄せて平八郎の家に向かった。そして、戸口の前で声を掛けようとした時、腰高障子が勢い良く開いた。

平助と手先は、思わず身を退いた。

「何だ、手前ら……」

平八郎は、険しい眼で平助と手先を睨み付けた。

「へ、へい。あっし共は岡っ引の鮫ヶ橋の善三親分の……」

平助は慌てた。

「岡っ引だと……」

平八郎は遮った。

「へい……」

平助は、怯えながら頷いた。

「馬鹿野郎、岡っ引に用はねえ」

平八郎は、平助の胸倉を鷲摑《わし》みにして殴った。

平助は、鼻血を飛ばして倒れ込んだ。

おさだたちおかみさんは悲鳴をあげて立ちあがり、薄笑いを浮かべて見守った。

平八郎は、倒れた平助に馬乗りになり、着物を無理矢理に剝《は》ぎ取った。

「止めてくれ」

平助は悲鳴をあげた。

「煩《うる》せえ……」

平八郎は、平助の着物を毟《むし》り取り、股引《ももひき》を引き裂いた。

半裸にされた平助は、必死に逃れようとした。

平八郎は許さなかった。

「止めろ」

手先が、平八郎に背後から組み付いた。

平八郎は、背後から組み付いた手先の腕を取って鋭い投げを打った。

手先は見事な弧を描いて宙を舞い、地面に激しく叩き付けられた。

「岡っ引の鮫ヶ橋の善三とか云ったな」

平八郎は、平助を睨み付けた。

「へ、へい……」

「俺に何の用があるか知らねえが、嘗《な》めた真似《まね》をしやがると叩き斬るぞ」

平八郎は凄んでみせた。

「わ、分かりました」

平助は、恐怖に震えた。

「だったら、さっさと消えろ」

平八郎は、平助の尻を蹴り飛ばした。

平助は脱《ぬ》がされた着物を抱え、手先と共に転げるように長屋から逃げ去った。

おさだたちおかみさんが、手を叩いて楽しげに笑った。

「寝起きが悪く、かっとしたら何をするか分からないなんて、良く云ってくれるよ。話を合わせるのが大変だ」

平八郎は苦笑した。

「でも、上手《うま》い芝居《しばい》だったよ」

「いよっ、成田屋《なりたや》……」

おさだたちおかみさんは、平八郎を賑やかに冷やかした。

「そうかあ……」

平八郎は、満更《まんざら》でもない顔で照れた。

「行きますよ、平八郎さん」

長次が、平八郎の家から出て来た。

「おう。おさださん、みんな、おゆみの事を内緒にしてくれて礼を云うよ」

平八郎は頭を下げた。

「なに云ってんの。彼奴《あいつ》らが生意気だったからだよ」

おさだは笑った。

「じゃあな……」

平八郎は、長次と共にお地蔵長屋を出て行った。その時、平八郎は古い地蔵尊に手を合わせ、光り輝く頭をさっと一撫でするのを忘れはしなかった。


平八郎と長次は、明神下の通りを南町奉行所に向かった。

「良いおかみさんたちですね」

長次は笑った。

「うん。親父が生きている頃からの付き合いで、いろいろ世話になっていますよ」

平八郎は苦笑した。


外濠には水鳥が遊び、波紋が幾重《いくえ》にも広がっていた。

南町奉行所は、外濠に架かる数寄屋橋御門内にある。

平八郎と長次は、数寄屋橋御門前の蕎麦屋に入った。

蕎麦屋では、伊佐吉と亀吉が既に蕎麦をすすっていた。

「やあ……」

平八郎と長次は、伊佐吉と亀吉の前に座って蕎麦屋の亭主に蕎麦を頼んだ。

「で、親分、小嶋兵部、如何《いかが》でした」

「うん。面白い事が分かりましたぜ」

伊佐吉は笑みを浮かべた。

「面白い事……」

平八郎は、話の先を促した。

「ええ。小嶋兵部、大内頼母の実の叔父《おじ》さんで、若い頃、小嶋家の婿《むこ》養子になった……」

「ほう、毒を盛られた大内頼母の叔父さんだったのか……」

「それで高村の旦那の話じゃあ、亡くなった大内頼母に子供はいなくて、小嶋兵部の倅の祐馬《ゆうま》に養子話が持ち上がっていた……」

伊佐吉は、面白そうに笑った。

「養子話……」

平八郎は眉をひそめた。

「ああ……」

「じゃあ、大内頼母が死んだ今、養子話はどうなっているんですかい」

長次は、身を乗り出した。

「高村の旦那の話じゃあ、小嶋兵部の倅の祐馬で進んでいるそうだ」

伊佐吉は苦笑した。

「どうやら、その辺かな……」

平八郎は、大内頼母が毒を盛られた経緯を読んだ。

小嶋兵部は、奥医師の片倉秀斎を使って実家の大内家の当主である甥の頼母に毒を盛って殺し、己の倅の祐馬を跡継《あとつ》ぎに送り込もうとしている。

「俺もそう思いますぜ……」

伊佐吉は、平八郎の読みに頷いた。

「つまりは、養子に出された男の実家乗っ取りですかい」

長次は呆《あき》れた。

「まあ、そうなるな」

「しかし、それで何の拘わりもない者が命を狙われるのは巫山戯《ふざけ》た話だ」

平八郎は、腹立たしげに告げた。

「おゆみって娘の事ですかい……」

「う、うん……」

平八郎は、躊躇いがちに頷いた。

伊佐吉は、長次をちらりと窺った。

長次は、苦笑を浮かべて小さく頷いた。

伊佐吉は微笑んだ。

おゆみとの拘わりは、どうやら伊佐吉たちに読まれていたようだった。

平八郎は、最初から話して置くべきだったと密かに悔やんだ。

旗本の大内頼母は、叔父である小嶋兵部に毒を盛られて殺された。

平八郎たちは睨んだ。そして、睨みが事実かどうか見定めるには、奥医師の片倉秀斎に認めさせるしかない。

「片倉秀斎、必ず白状させてやる……」

平八郎は、腹立たしげに云い放った。

「お待ちどおさまでした」

蕎麦屋の亭主が、平八郎と長次に蕎麦を持って来た。

「おう、待ち兼ねた」

平八郎は、威勢良く蕎麦をすすり始めた。

四ッ谷御門外、奥医師片倉秀斎の屋敷は、弟子の医生たちが出入りしていた。

平八郎と長次は、片倉屋敷を見張った。

奥医師は一日置きに登城して、中奥の御座之間《ござのま》の近くに昼夜詰める。そして、朝餉《あさげ》の終えた将軍を左右から二人ずつ六人が三回に渉《わた》って脈を診《み》る。

片倉屋敷は、当主の秀斎が登城の日であり、緊張感に欠けていた。

「秀斎の登城の日となると、今日の見張りは無駄になるかもしれないな……」

平八郎は、微かな苛立ちを過らせた。

「いいえ。そうでもないかも……」

長次は、片倉屋敷を示した。

用人の市川伝内が、片倉屋敷から中間《ちゅうげん》たちに見送られて出て来た。

「用人の市川伝内。尾行てみましょう」

「ええ……」

平八郎と長次は、出掛けて行く市川伝内を追った。

# 四

市川伝内は、四ッ谷御門前に出て外濠沿いの道を市ヶ谷御門に向かった。

平八郎と長次は、市川を慎重に尾行た。

市川の足取りに迷いはない。

行き先は決まっている……。

平八郎と長次は睨んだ。

「ひょっとしたら昌平橋ですかね」

長次は、市川の行き先を読んだ。

「おゆみですか……」

「ええ。今の片倉秀斎と市川伝内にとっちゃあ、邪魔者は偶々《たまたま》話を聞いたおゆみだけですからね」

「さっさと口を封じなければ面倒になるだけですか……」

平八郎は眉をひそめた。

「違いますかね……」

「いや。長次さんの睨み通りでしょう」

市川伝内は、明神下の通りの町でおゆみを捜している鮫ヶ橋の善三たちの許に行こうとしているのだ。

「で、どうします」

市ヶ谷御門が近付いた。

「やりますか……」

平八郎は、子供のような笑みを浮かべた。

「やるのなら、水道橋の船着場に屋根船を用意しますよ」

長次は、企てを臭わせた。

市川は、市ヶ谷御門の前を通り過ぎた。

「成《な》る程《ほど》、そうして貰えますか……」

平八郎は、長次の企てを読んだ。

「承知、じゃあ水道橋で……」

長次は笑みを浮かべ、平八郎と別れて市ヶ谷御門に足早に向かって行った。

市川は、外濠沿いの道を尚も進んだ。

尚も進めば牛込御門となり、小石川御門に続いて水道橋になる。

長次は、小石川御門辺りで屋根船を調達し、水道橋の船着場に先廻りをするつもりなのだ。

平八郎は、市川を追った。

市川は足早に進んだ。そこには、尾行を警戒する気配は窺われなかった。

平八郎は追った。


中間部屋の窓から見える小嶋屋敷は、人の出入りもなく静かだった。

伊佐吉と亀吉は、麻布中ノ町の旗本屋敷の中間に金を握らせて中間部屋に潜り込み、斜向《はすむ》かいの小嶋屋敷を見張っていた。

「へえ。倅の祐馬、未だ十八の若僧の癖《くせ》に飲む打つ買うの遊び人なのか……」

伊佐吉は苦笑した。

「ああ。おまけに部屋住み仲間と連《つる》んで強請りたかりを働いて、この界隈でも評判の嫌われ者だぜ」

旗本屋敷の中間は、眉根を寄せて罵った。

「そいつは酷《ひで》えな……」

伊佐吉は呆れた。

祐馬のような若僧を養子にしたら、大内家は禍《わざわい》を引き込むような話だ。

「親分……」

武者窓から小嶋屋敷を見張っていた亀吉が、背後にいた伊佐吉を呼んだ。

「どうした……」

「着流しの若い侍が出て来ましたぜ」

伊佐吉と中間は、亀吉の隣に行って武者窓を覗いた。

着流しの若い侍が、小嶋屋敷の潜り戸の前で大欠伸《おおあくび》をしていた。

「着流しの若い侍……」

「野郎が嫌われ者の祐馬だぜ」

中間は嘲《あざけ》りを浮かべた。

祐馬は、のんびりとした足取りで飯倉片町に向かった。

「ちょいと追ってみるぜ。亀吉……」

伊佐吉は、中間に断わりを入れて亀吉を促した。


小嶋祐馬は、飯倉片町の通りから飯倉二丁目の四ッ辻に向かった。四ッ辻の先には金地院《こんちいん》を始めとした寺が伽藍《がらん》を連《つら》ね、三縁山《さんえんざん》増上寺《ぞうじょうじ》があった。

祐馬は、四ッ辻を東に進んで増上寺と大名小路の間を大横丁に進んだ。
伊佐吉と亀吉は追った。
大横丁に出た祐馬は、南に曲がって尚も進んだ。
やがて、行く手に飯倉神明宮の鳥居が見えて来た。

牛込御門から小石川御門の前を過ぎ、水道橋が近付いた。
市川伝内は、変わらぬ足取りで神田川沿いの道を進んだ。
平八郎は追った。
水道橋と御茶《おちゃ》ノ水《みず》の上水樋《じょうすいひ》が見えた。
長次は、既に屋根船を調達して水道橋の船着場に先廻りをしている筈だ。
平八郎は、水道橋が近付くと共に市川との距離を縮めた。

水道橋と御茶ノ水の上水樋を過ぎれば、次は昌平橋だ。
昌平橋に続く明神下の通りには、おゆみを捜している鮫ヶ橋の善三たちがいる。
何としてでもおゆみを見つけ、口を封じなければならない。
市川は先を急ぎ、水道橋に近付いた。

平八郎は、市川との間を一挙に詰めた。

市川は、平八郎の気配に気付いて怪訝に振り返った。

刹那、平八郎は市川の脾腹《ひばら》に拳を鋭く叩き込んだ。

市川は眼を瞠《みは》り、呆然とした面持ちで気を失い、膝から崩れ落ちた。

平八郎は、崩れ落ちる市川の身体の下に己の肩を差し入れて担《かつ》ぎ上げた。そして、水道橋の下の船着場に駆け下りた。

「平八郎さん……」

長次は、屋根船に乗って船着場で待っていた。

平八郎は、気絶した市川を屋根船の障子の内に担ぎ込んだ。

「出しますぜ……」

長次は、屋根船を船着場から離して神田川の流れに乗せた。

一瞬の出来事であり、水道橋には何事もなかったかのように人々が行き交った。

長次の操る屋根船は、神田川を下って大川に向かった。


飯倉神明宮には参拝客が訪れ、門前町は賑わっていた。

祐馬は、門前町で部屋住み仲間と思われる若い侍と落ち合い、行き交う人々を見廻しながらぶらぶらと進んだ。薄笑いを浮かべた顔は、狡猾《こうかつ》さに満ち溢れていた。

伊佐吉と亀吉は尾行た。

「野郎、にたにたしやがって……」

亀吉は吐き棄てた。

「どうやら、因縁を付ける相手を捜しているようだな」

伊佐吉は睨んだ。

祐馬と若い侍は立ち止まり、前方を見詰めながら何事かを囁き合った。

伊佐吉は、祐馬の視線を辿《たど》った。

祐馬の視線の先には、女連れの大店の若旦那がいた。

「亀吉、祐馬の野郎から眼を離すな」

「はい……」

亀吉は喉を鳴らした。

女連れの大店の若旦那は、楽しげに賑わいをやって来た。

祐馬と若い侍は動き、女連れの大店の若旦那の正面に進んだ。

女連れの大店の若旦那は、咄嗟《とっさ》に右に身体を動かして祐馬を躱《かわ》そうとした。だが、祐馬は素早く左に動いた。

向かい合っての右と左、祐馬と若旦那は見合った。

「無礼者……」

祐馬は怒鳴《どな》り、若旦那を殴り飛ばした。

行き交う人々が悲鳴をあげて退き、祐馬と若旦那たちを遠巻きにした。

「武士の行く手を阻《はば》む無礼、許さぬ」

祐馬は、刀の柄を握り締めて熱《いき》り立った。

「申し訳ございません。お許しを……」

若旦那は恐怖に震え、祐馬に土下座して許しを請《こ》うた。

「ならぬ。武藤《むとう》……」

祐馬は嘲笑を浮かべ、若い侍に目配せをした。

「ああ。一緒に来い」

武藤と呼ばれた若い侍は、若旦那の襟首《えりくび》を鷲摑みにして引き摺り起こした。

「御武家さま、どうかお許しを……」

若旦那は、嗄れた声を恐怖に引き攣らせた。

「退け、見世物じゃあねえ」

祐馬は、遠巻きに見ていた人々に怒鳴った。

人々は慌てて道を開けた。

祐馬と武藤は、必死に許しを願う若旦那を裏路地に無理矢理に連れ込んだ。


祐馬と武藤は、若旦那を裏路地の奥に突き飛ばした。

「さあて、許して欲しけりゃあ、金を出すんだな……」

祐馬は、悪辣《あくらつ》さを露わにした。

「は、はい……」

若旦那は、懐から財布を出した。

祐馬は素早く取り上げ、武藤と財布の中の金を確かめた。

刹那、裏路地の入口から捕り縄が飛来して祐馬の首に巻き付いた。

祐馬は驚いた。

次の瞬間、捕り縄が背後に勢い良く引かれ、祐馬は仰向《あおむ》けに倒れた。

「小嶋……」

武藤は驚いた。

伊佐吉は、捕り縄を引いた。

祐馬は、捕り縄から逃れようともがいた。

「おのれ……」

武藤は、伊佐吉に襲い掛かろうとした。

亀吉が、長い竹竿《たけざお》で武藤を鋭く突いた。

裏路地の狭さは、武藤に竹竿を躱す場所を与えてくれなかった。

武藤は、竹竿で顔を鋭く突かれ、鼻血を飛び散らせて仰《の》け反った。

祐馬は、倒れたまま首から捕り縄を必死に外そうとした。

伊佐吉は、容赦《ようしゃ》なく捕り縄を引いた。

祐馬は、首を絞められて苦しく呻《うめ》いた。

「おのれ、下郎……」

激怒した武藤は、鼻血を流しながら立ち上がり、裏路地の入口にいる伊佐吉と亀吉に襲い掛かろうとした。

亀吉は、長い竹竿で武藤を突き、容赦なく滅多《めった》打ちにした。

武藤は刀を抜いた。だが、狭い路地は倒れている祐馬に塞がれ、伊佐吉と亀吉に斬り付ける事は容易ではなかった。

「人を嘗めた強請たかりもこれ迄だ。神妙にしやがれ」

伊佐吉は怒鳴り、亀吉は呼子笛《よびこぶえ》を吹き鳴らした。

甲高い音が響き渡った。

武藤は驚き、慌てて裏路地の奥に逃げた。

伊佐吉と亀吉は、ぐったりとして倒れている祐馬と若旦那に駆け寄った。

「怪我はないか……」

「は、はい……」

若旦那は、震えながら頷いた。

伊佐吉と亀吉は、祐馬の様子を窺った。

祐馬は、苦しげな息を鳴らしていた。

伊佐吉と亀吉は、祐馬の刀を奪い取って捕り縄を打った。

祐馬は、己が捕り縄を打たれているのに驚いた。

「何をする。俺は旗本だ。縄を解け」

祐馬は焦り、嗄れた声で怒鳴った。

「煩せえ」

伊佐吉は、十手で祐馬を殴った。

祐馬は、伊佐吉の十手に思わずたじろいだ。

「上様直参の旗本が、昼間っから他人さまに因縁を付けて強請りを働く筈はねえ」

伊佐吉は厳しく告げた。

「何だと……」

「どうしても旗本だと云い張るなら、お目付に報せて調べて貰う迄だ」

伊佐吉は畳み掛けた。

「目付に……」

祐馬は顔色を変えた。

目付は、旗本を監察するのが役目だ。

「ああ。強請りを働いた小悪党が旗本だと云っているが、本物かどうかってな」

伊佐吉は嘲笑った。

旗本だと云い張れば、目付に強請りを働いたと報され、大内家の養子になる話は消え失せるかもしれない。

「や、止めてくれ……」

祐馬は焦った。

「止めてくれだと。手前、やっぱり旗本の名を騙る浪人だな」

伊佐吉は決め付けた。

祐馬は言葉を失い、恐怖に震え始めた。

伊佐吉は苦笑した。


大川には様々な船が行き交っていた。

長次は、屋根船を向島《むこうじま》の水神《すいじん》の岸辺に着けて棒杭に舫《もや》った。

「着きましたぜ……」

長次は、障子の内に入った。

平八郎が、気を失っている市川伝内を縛りあげていた。

「じゃあ、始めますか……」

平八郎は、市川を見据えた。

「ええ」

長次は頷いた。

平八郎は、市川を起こして活を入れた。

市川は、気を取り戻した。

「やあ、気が付いたか……」

平八郎は、親しげに笑い掛けた。

市川は驚き、慌てて己の置かれた情況を見定めて震えた。

「お、おぬしは……」

市川は、喉を引き攣らせた。

「名乗る程の者じゃあない」

平八郎は笑った。

市川は、怯えを過らせた。

「市川伝内、奥医師の片倉秀斎は、小嶋兵部に金を貰って長患いの大内頼母に毒を盛った。そうだな」

平八郎は、市川を厳しく見据えた。

「し、知らぬ……」

市川は、平八郎から眼を背《そむ》けた。

平手が鋭く頰を打つ音が鳴った。

市川は、平八郎の平手打ちに弾かれたように倒れた。

長次は、倒れた市川を引き摺り起こした。

「そして、そいつを聞いた女中のおゆみを殺そうとしている。違うか」

平八郎の眼に怒りが滲んだ。

「おゆみ……」

市川は、口元に血を滲ませて戸惑った。

「そうだ。おゆみだ……」

平八郎は、市川を睨み付けた。

市川は項垂れた。

「もう一度訊く、奥医師の片倉秀斎は、小嶋兵部に金を貰って大内頼母に毒を盛って殺した。間違いないな」

市川は、顔を歪めて沈黙した。

「何も云いたくないか……」

長次は、暗い眼で市川の脇差《わきざし》を抜いた。

「な、何をする……」

市川は狼狽えた。

「髷を切る……」

長次は、市川の髷を掴んだ。

「髷……」

市川は戸惑った。

「ああ。髷を切り落とし、素っ裸にして大川に放り込めば、何処の誰か分からない土左衛門《どざえもん》の出来上がりだ……」

長次は、摑んだ髷に脇差の刃を当て、無造作に引いた。

髷を切る音が鳴り、結っていた髪が左右に落ちた。

市川は、顔色を変えて恐怖に身を震わせた。

「何も話さないなら用はない。死んで貰う……」

平八郎は告げた。

長次は、冷たい笑みを浮かべて市川の羽織を斬り裂き、乱暴に毟り取った。

市川は、恐怖の底に叩き込まれた。

長次は、市川の着物を斬り裂き始めた。

「や、止めてくれ」

市川は、恐怖に震え、嗄れた声を引き攣らせた。だが、長次は、市川の着物を斬り裂くのを止めなかった。

「片倉さまだ。片倉秀斎さまが、大内頼母さまに烏頭《うず》の毒を飲ませた……」

市川は落ちた。

所詮《しょせん》は小悪党、忠義もなければ義理人情もなく、我が身を守るのが一番なのだ。

長次は嘲笑った。

「よし。市川、今云った事を口書にして爪印《つめいん》を押して貰うぞ」

平八郎は微笑んだ。

大きな荷船が、屋根船の傍を下って行った。

屋根船は横波に揺れた。


伊佐吉は、小嶋祐馬を強請り浪人として大番屋の牢に入れた。

同心の高村源吾は、南町奉行所吟味方《ぎんみかた》与力の結城半蔵《はんぞう》に事の次第を報告した。

結城半蔵は、小嶋兵部に問い合わせた。

小嶋兵部は愕然《がくぜん》とし、祐馬は既に勘当した倅だと見棄てた。

祐馬を見棄てなければ、累は小嶋家と父親の兵部にも及び、公儀からどのような仕置を受けるか分からないのだ。

小嶋祐馬は、強請り浪人として町奉行所に裁《さば》かれる事となり、大内家の養子になる話は消え去った。そして、結城半蔵は市川伝内の身柄と口書を目付に届けた。

目付は、旗本の小嶋兵部と奥医師片倉秀斎を大内頼母毒殺の罪で捕らえた。

結城半蔵は、岡っ引の鮫ヶ橋の善三から十手を取り上げ、小伝馬町《こでんま》の牢屋敷に入れた。

十手を取り上げられ、牢屋敷に入れられた元岡っ引ほど悲惨な者はいない。

鮫ヶ橋の善三は、牢の隅で身を縮め、息を潜めて生きていかなければならないのだ。


平八郎は、神田明神前の居酒屋『花や』を訪れた。

店を開けたばかりの『花や』には、未だ客がいなかった。

「あら、いらっしゃい……」

女将のおりんが、笑顔で平八郎を迎えた。

「やあ、世話になっているね。呼んで貰えるかい……」

「ええ。おゆみちゃん……」

おりんは、板場に声を掛けた。

「はい……」

おゆみが、前掛で手を拭いながら板場から出て来た。

「やあ……」

「矢吹さま……」

「おゆみ、片倉秀斎と市川伝内、お縄になったよ」

「良かった……」

おゆみは、顔を輝かせた。

あの夜、平八郎はおゆみを居酒屋『花や』に伴い、主で板前の貞吉《さだきち》と娘で女将のおりんに事情を話し、おゆみを預かって貰ったのだ。

「あら、良かったわね、おゆみちゃん……」

おりんは喜んだ。

「はい……」

おゆみは、満面の安堵を浮かべて平八郎に深々と頭を下げた。

「本当にありがとうございました。このお礼はきっと致します……」

涙が零《こぼ》れ落ちた。

「いや。礼には及ばん」

「でも……」

「おゆみちゃん、平八郎さんは萬《よろず》稼《か》業《ぎょう》だ。給金を払えば良いさ」

主の貞吉が、板場から出て来た。

「でも旦那さん、私、お金は……」

おゆみは困惑した。

「なあに、おゆみちゃんが板場を手伝ってくれた給金は酒一升。平八郎さんの給金は、その酒一升で充分だ。なあ、平八郎さん」

「ああ、貞吉さんの云う通りだ」

平八郎は頷いた。

給金は酒一升……。

「ありがとうございます」

おゆみは、零れる涙を拭った。

「じゃあ決まった。今夜は御馳走《ごちそう》しますよ」

おりんは微笑んだ。

「邪魔するぜ」

伊佐吉、長次、亀吉が入って来た。

「やっぱり此処だったな」

「丁度良かった。今夜の酒は俺の奢《おご》りだ」

平八郎は胸を張った。

「そいつはありがたい……」

伊佐吉、長次、亀吉は笑った。

「だが、酒は一升だけだ」

平八郎は声を潜めた。

「心配するな。高村の旦那が、みんなで飲んでくれって、小遣いを呉《く》れたぜ」

「そいつは良い。よし、貞吉さん、おりん、聞いての通りだ。今夜は飲むぞ……」

これで明日は二日酔いだ……。

平八郎は覚悟を決めた。

# 第三話　迷い神

木戸の傍の古い地蔵尊は、滑《なめ》らかな頭を朝陽に光り輝かせていた。

矢吹平八郎は、古い地蔵尊に手を合わせ、光り輝く頭をさっと一撫でしてお地蔵長屋の木戸を出た。

一

明神下の通りは、多くの人々が行き交っていた。

平八郎は、口入屋の万吉の店を訪れた。

「どうぞ……」

万吉は、平八郎に茶を差し出した。

「戴く……」

平八郎は茶をすすった。

茶は美味かった。

危ない仕事……。

平八郎の勘が囁いた。

万吉が、美味い茶を出す時は神道無念流の腕を当てにした仕事が多いのだ。

平八郎は警戒した。

「で、仕事なんですがね……」

万吉は、小さな眼を丸くして平八郎を見詰めた。狸《たぬき》に似た顔は一段と狸面《づら》になった。それは、言葉巧みに丸め込もうとしている証《あかし》だった。

その手に乗るか……。

平八郎は、警戒心を募らせて身構えた。

「一日一朱の給金で五日間、若い女の見張りをする……」

万吉は、狸面で囁くように告げた。

「一日一朱で女の見張り……」

滅多にない好条件の仕事だ。

平八郎は、思わず警戒心を忘れた。

「ええ。やりますね……」

万吉は、平八郎が喜んで引き受けると思い込んでいた。

「う、うん……」

平八郎は迷った。

「おや。嫌なら他の方に廻しますが……」

万吉は、狸面に不満を過らせた。

「いや。引き受ける。その仕事、俺が引き受けたぞ」

平八郎は、募らせた警戒心を呆気なく消し去った。

万吉は、勝ち誇ったように狸面を綻ばせた。

おのれ……。

平八郎は、万吉の手に乗った己を恥じるかのように茶を飲み干した。


日本橋通りは行き交う人で賑わっていた。

平八郎は、日本橋川に架かる日本橋の南詰に下り、日本橋の通りを進んだ。

酒問屋『升屋《ますや》』は、日本橋通南二丁目にあった。

「ここか……」

平八郎は、大きく背伸びをして胸を張り、酒問屋『升屋』の暖簾を潜った。

「邪魔をする」

平八郎は、酒問屋『升屋』の店に入った。

酒の香《こう》ばしい匂いが漂っていた。

平八郎は、思わず鼻を鳴らした。

「いらっしゃいませ」

印半纏《しるしばんてん》を着た手代と小僧が、平八郎を迎えた。

「やあ。御隠居さんに口入屋の万吉の処から人が来たと取り次いでくれないかな」

平八郎は微笑んだ。

「万吉さんの処からですか……」

手代は、戸惑いを過らせた。

「そうだ……」

「少々お待ち下さい」

手代は、店の奥に入って行った。

平八郎は、酒の香《かお》りを楽しんだ。

「どうぞ……」

小僧が茶を差し出した。

「うん。良い香りだな……」

平八郎は、小僧に笑い掛けながら框に腰掛けた。

「えっ、ええ……」

小僧は、強張った笑みを浮かべた。

手代が、大柄な番頭と奥から出て来た。

「お待たせ致しました。番頭の久兵衛《きゅうべえ》にございます。万吉さんの処からお見えにございますね」

番頭の久兵衛が挨拶をした。

「はい。矢吹平八郎です」

「矢吹平八郎さまにございますか。御隠居さまがお待ち兼ねにございます。さあ、どうぞお上がり下さい。文七《ぶんしち》、後を頼みましたよ」

「は、はい……」

手代の文七が、心配げな面持ちで頷いた。

「矢吹さま、さあ、こちらへ……」

平八郎は、久兵衛に誘《いざな》われて奥に進んだ。

奥座敷は小さな中庭に面しており、日本橋通りの賑わいは聞こえなかった。

平八郎は、奥座敷に誘われた。

奥座敷には、白髪頭の小柄な老人が待っていた。

「どうぞ……」

平八郎は、久兵衛に促されて白髪頭の小柄な老人の前に座った。

「御隠居さま、こちらが矢吹平八郎さまにございます」

久兵衛は、平八郎を隠居に引き合わせた。

「矢吹平八郎です」

「これはこれは、此度《こたび》は御造作をお掛け致します。酒問屋升屋の隠居の忠左衛門《ちゅうざえもん》にございます」

白髪頭の小柄な老人は名乗った。

「うん。して、私が見張る若い女とは……」

「はい。浜町河岸は高砂町《たかさごちょう》に住んでいるおまちと申す二十三歳の女です」

「高砂町に住んでいるおまちですか……」

「ええ……」

「そのおまちを五日の間、見張るのですな」

「左様……」

忠左衛門は頷いた。

「そのおまち、何かをしでかそうとしているのですか……」

「いえ……」

「じゃあ、誰かに狙われているとか……」

「いえ。それもないと思います」

忠左衛門は、何故か歯切れが悪かった。

「じゃあ、どうして見張りを……」

平八郎は戸惑った。

「あの、それは……」

忠左衛門は言い淀んだ。

「御隠居さま……」

久兵衛は、忠左衛門を心配げに見守った。

「どうしました」

平八郎は戸惑った。

「矢吹さま、実は、おまちは手前が囲っている女でして……」

「ほう、それはそれは……」

平八郎は感心した。

忠左衛門が何歳かは知らないが、二十三歳の若い女を妾《めかけ》にしているのだ。

「それで、手前は明日から五日の間、寄合い仲間と大山詣《おおやままい》りに行く事になっておりまして。その間、おまちの処に男が来ないかと……」

忠左衛門は、額に汗を滲ませて恥ずかしそうに告げた。

「つまり、おまちが御隠居の留守《るす》の間に男と逢うかどうかを見張るのですか……」

平八郎は眉をひそめた。

「はい。左様にございます」

忠左衛門は、額の汗を飛び散らせて頷いた。

「そういう事ですか……」

隠居の忠左衛門は、妾のおまちに自分以外の男がいるかどうかを心配しているのだ。

嫉妬《しっと》深い年寄りだ……。

平八郎は、思わず苦笑した。

「お引き受け下さいますか……」

忠左衛門は、心配げに平八郎を見詰めた。

一日一朱で五日間、〆《しめ》て五朱……。

若い女を五日の間、見張るだけで一両の三分の一近くの給金が貰えるのだ。何もなければ楽な仕事だ。

断わる必要は何処にもない……。

「お安い御用だ」

平八郎は引き受けた。

「ありがとうございます」

隠居の忠左衛門は、安堵の吐息を洩らしながら額の汗を拭った。

「で、御隠居、これはもしもの話だが……」

「何でございますか……」

「うん。もしも、おまちが男と逢ったらどうすれば良い。黙って見届けておくか、素性を突き止めるか……」

「厳しく懲《こ》らしめ、別れさせて下さい」

忠左衛門は、躊躇いなく云い放った。

そこには、白髪頭の老人ではなく、嫉妬に震える男がいた。

「わ、分かった……」

平八郎は、忠左衛門の勢いに思わず身を引いた。

平八郎は、番頭の久兵衛に誘われて店に戻った。

「矢吹さま。申し訳ございませんが、ちょいと此処でお待ち下さい」

久兵衛は、店の脇の部屋に平八郎を誘った。

「う、うん……」

平八郎は、戸惑いながら店の脇の部屋に入った。

手代や人足たちの仕事をする声が、外にある蔵の辺りから聞こえていた。

「お待たせ致しました」

久兵衛が、中年の男と入って来た。

「升屋の主の忠造《ちゅうぞう》にございます」

中年の男は、忠左衛門の息子だった。

「ああ、升屋の旦那ですか……」

「はい。此度は父が面倒なお願いをして申し訳ございません」

忠造は詫びた。

「いいや……」

平八郎は苦笑した。

「まったく、母が亡くなったのを良い事に年甲斐《としがい》もなく孫のような女に現《うつつ》を抜かしまして、お恥ずかしい限りです」

忠造は、腹立たしさを露わにした。

「それで、私に何か……」

「はい。それにございますが。もし、おまちに良い男がいたなら、上手くいくように見守ってやっては戴けないでしょうか……」

「えっ……」

忠造は、父親の忠左衛門とは反対の事を頼んで来た。

平八郎は戸惑った。

「矢吹さま、父はもう六十の半《なか》ばも過ぎた年寄り、おまちの行く末を考えても若い男と一緒になった方が良いのに決まっています。違いますか……」

「ま、それはそうだが……」

忠造の云う事は尤《もっと》もだ。

平八郎は頷いた。

「ありがとうございます。おまちは家が貧しいが故、妾稼業に身を窶《やつ》した女。自ら好んで父のような年寄りに囲われている筈はないのです。もし、若くて良い男がおり、父と別れて所帯を持ちたいのなら、それなりの手切れ金は、手前が用意します……」

「ほう、おまちにとっては、悪い話ではないな……」

平八郎は、素直にそう思った。

「それはもう……」

忠造は、自信に満ちた笑みを浮かべた。

「ならば私は、おまちが所帯を持ちたいと願う男がいるかどうか見定めるのか……」

平八郎は眉をひそめた。

「左様にございます。お願い出来るでしょうか……」

「う、うむ……」

平八郎は迷った。

「矢吹さま。大変失礼にございますが、お礼はそれなりに……」

忠造は、平八郎の弱味を衝《つ》いた。

「いや。まあ、それはそれで……」

平八郎は、弱味を不意に衝かれて狼狽えた。

「番頭さん……」

忠造は、番頭の久兵衛を促した。

「はい」

久兵衛は、小さな紙包みを平八郎に差し出した。

「これは、当座の掛かりにございます。どうぞ、お納め下さいませ」

小さな紙包みは金だ。

「しかし、私は御隠居に雇われた身だし……」

平八郎は躊躇った。

「矢吹さま、事は升屋の一大事。では、宜しくお願いします」

忠造は、遣《や》り手の商人らしく半ば強引に話を纏《まと》め、深々と頭を下げた。

「そうかあ、しかしなあ……」

平八郎は、金包みを前にして迷い続けた。


浜町堀には三味線の爪弾きが洩れていた。

平八郎は、酒問屋『升屋』の印半纏を着た手代の文七に誘われ、浜町堀の堀端を高砂町にやって来た。

文七は、浜町堀に架かる高砂橋の南詰から続く道に曲がった。そして、裏通りにある黒塀に囲まれた仕舞屋を示した。

「あの家にございます」

「ほう。あの家か……」

平八郎は、黒塀に囲まれた仕舞屋を眺めた。

「はい……」

「住んでいるのは、おまちだけか……」

「いえ、婆《ばあ》やのおこうさんと……」

おまちは、婆やのおこうと二人で暮らしている。

「そうか。処で文七、おまちには御隠居の他に男はいたのかな……」

平八郎は尋ねた。

隠居の忠左衛門は、おまちに用がある時には文七を使いに寄越していた。

「さあ、手前には良く分かりません……」

文七は、困惑したように平八郎から視線を逸《そ》らした。

「そうか。よし、分かった。御苦労だったな。升屋に戻ってくれ」

「は、はい。それでは失礼致します……」

文七は、平八郎に頭を下げて小走りに立ち去った。

さあて、どうする……。

五日の間の見張りを、路地や物陰で続ける訳にはいかない。

平八郎は、黒塀に囲まれた仕舞屋のある通りを進んだ。

通りに大した店はなく、小さな荒物屋《あらものや》と一膳飯屋があるぐらいだった。

平八郎は、黒塀に囲まれた仕舞屋の前を通り過ぎ、荒物屋に進んだ。

荒物屋には笊や箒《ほうき》や塵《ちり》取りなどの雑貨類が置かれ、店の奥は薄暗かった。

平八郎は荒物屋の前に佇み、斜向かいにある黒塀に囲まれた仕舞屋の表と荒物屋の二階を見比べた。

荒物屋の二階には、小さな格子窓《こうしまど》があった。

よし……。

平八郎は決めた。


「御免……」

平八郎は荒物屋に入った。

荒物屋は余り繁盛《はんじょう》していないらしく、品物は日焼けして古くなっており、店番はいなかった。

「おい。誰かいないのか……」

平八郎は、店の奥の障子の向こうに声を掛けた。

「はい、はい。おいでなさいませ……」

小さな婆さんが、障子を開けて店の框に出て来た。

「やあ……」

平八郎は笑い掛けた。

「はい。箒ですか塵取りですか……」

老婆は、皺だらけの顔を綻ばせた。

「いや。実は二階の部屋を五日の間、貸しては貰えないかな」

「二階、貸す……」

老婆は、平八郎に皺の中の細い眼を怪訝に向けた。

「うん……」

平八郎は、老婆に素早く一朱金を握らせた。

「あら、ま……」

老婆は驚いた。

「どうだ。一朱で五日の間、二階を貸してはくれぬか……」

平八郎は頼んだ。

荒物屋の老婆おときは、平八郎に二階の屋根裏部屋を五日間一朱で貸してくれた。

二階の屋根裏部屋は、納戸として使われており、蒲団や行燈、火鉢《ひばち》などが置かれていた。

平八郎は、小さな格子窓を開けて斜向かいの黒塀に囲まれた仕舞屋を眺めた。

仕舞屋の庭では、婆やのおこうが洗濯物を干していた。

酒問屋『升屋』の隠居の忠左衛門は、明日の夜明けに仲間たちと早立ちする。それからの五日間、平八郎は仕舞屋を見張り、おまちの男の出入りを見定める。

平八郎は、仕舞屋と周囲に眼を配った。

仕舞屋の周囲に不審な人影はない。

平八郎は見定め、再び黒塀に囲まれた仕舞屋を窺った。

婆やのおこうは、既に洗濯物を干し終わって家の中に入っていた。

僅かな時が過ぎ、仕舞屋の格子戸が開いた。

若い女が出て来た。

おまち……。

平八郎は見定めた。

おまちは、後から出て来た婆やのおこうに見送られて黒塀の木戸を出た。

おまちが出掛ける……。

平八郎は、屋根裏部屋を出た。


おまちは、浜町堀に架かる高砂橋を渡って両国に向かった。

何処に行くのか……。

平八郎は尾行た。

おまちは、色白で整った顔立ちをしており、二十三歳にしては落ち着いた色気を漂わせていた。そして、近目《ちかめ》なのか首を僅かに傾けて相手を見詰める癖があるようだった。

平八郎は、おまちの様子を見守りながら後を追った。


両国広小路は賑わっていた。

おまちは、両国広小路を横切り、神田川に架かる浅草御門を渡った。そして、蔵前の通りを浅草に進んだ。

行き先は浅草寺なのか……。

平八郎は読んだ。
おまちは、浅草御蔵から駒形堂の前を抜けて浅草広小路に向かった。
睨み通りだ……。
おまちは、何の用で浅草寺に行くのだ。
平八郎は追った。

金龍山浅草寺は、参拝客や遊山の客で賑わっていた。
おまちは、浅草寺に参拝して境内の茶店に入り、縁台に腰掛けて茶を頼んだ。
浅草寺に参拝に来ただけなのか……。
平八郎は見守った。
若い武士が現われ、縁台にいるおまちの隣に腰掛けた。
おまちは微笑み、首を僅かに傾けて会釈した。
知り合いか……。
平八郎は緊張した。

## 二

おまちと若い武士は、茶を飲みながら親しげに言葉を交わしていた。

平八郎は、二人の様子を窺った。

おまちは微笑みを浮かべ、楽しげに話す若い武士を見詰めていた。

若い武士は何者で、おまちとはどんな拘わりなのだ……。

平八郎は、それが知りたかった。

「あの二人ですかい……」

背後から長次の声がした。

「長次さん……」

平八郎の背後に長次がいた。

「駒形鰻を素通りしたのを見ましてね。こりゃあ何かしていると……」

長次は笑った。

「読まれてますね」

平八郎は苦笑した。

「で、何ですかい……」

長次は、平八郎に話を促した。

「実はですね……」

平八郎は、酒問屋『升屋』の隠居の忠左衛門に頼まれた事を教えた。

「へえ、若い妾の見張りとは。いやはや、達者《たっしゃ》な御隠居ですね」

「まあな……」

平八郎と長次は笑った。

浅草寺の鐘が、申《さる》の刻七つ（午後四時）を告げた。

おまちは、縁台に茶代を置いて立ち上がり、若い武士に首を傾けて会釈をした。

若い武士は、慌てた様子で何事かを云った。

おまちは微笑み、身を翻《ひるがえ》して茶店を出て参道に向かった。

若い武士は、慌てて立ち上がった。

「長次さん、男を頼めますか……」

「承知……」

長次は頷いた。

「ありがたい。じゃあ……」

平八郎は、人混みの中におまちを追った。

雷門《かみなりもん》を出たおまちは、浅草広小路を横切って蔵前の通りに進んだ。

今度は何処に行く……。

平八郎は追った。

おまちは、駒形堂の前を足早に通り抜けて来た道を戻った。

高砂町の家に帰るのか……。

平八郎は、戸惑いを覚えながらおまちを尾行た。


夕暮れ時、おまちは高砂町の仕舞屋に戻った。

平八郎は、見届けて吐息を洩らした。

おまちは、浅草寺から真っ直ぐ家に帰って来たのだ。

平八郎は、斜向かいの荒物屋に向かった。

おとき婆さんが、荒物屋から出て来た。

「あら、旦那……」

「おう。婆さん、今、戻った」

「丁度良かった。店番、頼むよ」
おとき婆さんは、遠慮《えんりよ》の欠片《かけら》もなく平八郎に頼んだ。
「ああ、いいとも……」
どうせ客の来ない荒物屋だ……。
平八郎は、気軽に引き受けた。
おとき婆さんは、歳には似合わない軽い足取りで堀端の通りに向かった。
平八郎は、店先の縁台に腰掛けておとき婆さんを見送った。
おとき婆さんは、堀端の通りに曲がった。
若い武士が、擦れ違って現われた。
平八郎は戸惑った。
若い武士は、浅草寺の茶店でおまちと言葉を交わしていた者に間違いなかった。
どう云う事だ……。
平八郎は、若い武士を見詰めた。
若い武士は、辺りを見廻しながら通りをやって来た。
平八郎は、若い武士を背後から見守る長次に気付いた。
「ちと尋ねますが……」

若い武士は、荒物屋の店先にいる平八郎に近付いて来た。

「何かな……」

平八郎は、若い武士を迎えた。

「今、この辺りに若い女が来た筈だが、何処に行ったかご存じないか……」

若い武士は、おまちを追って来た……。

平八郎は知った。

「さあ、知らないが……」

平八郎は惚けた。

「そうですか、知りませんか……」

若い武士は肩を落とした。

「若い女、何て名前かな……」

「それが分からないのです……」

若い武士は、悔しさを過らせた。

「ほう、名も知らぬ女か……」

「ええ。浅草寺で時々見掛けましてね。それで、今日は追ってきたのだが……」

若い武士は、未練がましく辺りを見廻した。

おまちとは知り合いではない……。

平八郎は見定めた。

「ほう。かなり良い女のようだな」

「そりゃあもう。色っぽい眼をした女でしてね……」

若い武士は、深々と吐息を洩らした。そこには、女に岡惚《おかぼ》れをした男の切なさが漂っていた。

「色っぽい眼ねえ……」

「ええ。そうですか、見掛けませんでしたか。いや、造作をお掛け致した。御免……」

若い武士は、平八郎に一礼して重い足取りで来た道を戻って行った。

長次が物陰から現われ、平八郎に笑い掛けて若い武士を追った。

平八郎は見送った。

おまちと若い武士は、知り合いではなかった。

平八郎は、黒塀に囲まれた仕舞屋を眺めた。

仕舞屋は静けさに覆われていた。

浜町堀沿いの道から柳原《やなぎわら》通りに出た若い武士は、神田川に架かる新《あたら》シ橋を渡って向柳原の通りを重い足取りで進んだ。

長次は尾行た。

若い武士は、三味線堀に出た。そして、三味線堀の向かい側にある出羽《でわ》国久保田《くぼた》藩江戸上屋敷の裏手に廻り、連なる武家屋敷の一軒の潜り戸を叩いた。

潜り戸が開き、中間が若い武士を出迎えた。

若い武士は、潜り戸から屋敷内に入った。

長次は見届けた。

さあて、何様の屋敷なのか……。

長次は、辺りに聞き込む相手を捜した。


仕舞屋の明かりが消えた。

「どうやら寝たようだ……」

平八郎は、屋根裏部屋の窓から見定めた。

「随分、早寝ですね……」

長次は、持参した一升徳利の酒を二つの湯呑茶碗に満たし、一つを平八郎に差し出した。

「戴きます」

平八郎は、嬉しげに湯呑茶碗の酒を飲んだ。

「で、長次さん、あの若い武士の素性、分かりましたか……」

「ええ。三味線堀の久保田藩江戸上屋敷の裏にある旗本屋敷の倅でしたよ」

長次は、久保田藩江戸上屋敷の裏手一帯に聞き込みを掛け、若い武士の名と入った屋敷の主が誰か突き止めた。そして、酒を手土産《てみやげ》に平八郎の許にやって来たのだ。

「旗本の倅でしたか……」

「ええ。三浦真次郎《みうらしんじろう》と云いましてね。主膳《しゅぜん》って父親は三百石取りの旗本で、真次郎は部屋住みです」

「旗本の部屋住み、三浦真次郎ですか……」

平八郎は、重い足取りで帰って行った真次郎を思い出した。

「それで、おまちとの拘わり、ありそうですかね」

長次は酒を飲んだ。

「そいつなんですが、どうやら真次郎の岡惚れらしく、御隠居の心配するような拘わりじゃあないようです」

「そうですか。それにしても三浦真次郎、思い悩んでいる様子でしたよ」

「おまちにぞっこん惚れ込んだってやつでしょうね」

「哀《あわ》れな人ですねえ」

「ええ。ですが、おまちの色っぽい眼で見詰められれば。真次郎の気持ち、分からないでもないですよ」

「まあ、良い女と云えば、良い女ですからね」

「迷い神のような女ですよ……」

平八郎は酒を飲んだ。

「成る程、迷い神ですか……」

長次は苦笑した。

〝迷い神〟とは、人を迷わせる神さまだ。

平八郎の勘は、おまちの色香に迷わされている男が他にもいると囁いていた。

浜町堀を行く船の櫓《ろ》の軋《きし》みが、夜空に甲高く響き渡った。

酒問屋『升屋』の隠居・忠左衛門は、寄合い仲間と大山詣りに早立ちをした。

これから五日の間、平八郎は妾のおまちを見張り、男との拘わりを見定めなければならない。
平八郎は、荒物屋の屋根裏部屋から黒塀に囲まれた仕舞屋を眺めた。
仕舞屋の井戸端では、婆やのおこうが朝食の仕度をしていた。
平八郎は、仕舞屋の周囲に不審な者がいないか見廻した。
頰被りをした人足《にんそく》風の男が、黒塀の横手の路地から仕舞屋を窺っていた。
誰だ……。
平八郎は、厳しく見詰めた。
頰被りをした人足風の男は、平八郎の視線に気付いたのか不意に平八郎を見上げた。
平八郎は、素早く窓辺に隠れた。
頰被りをした人足風の男は、平八郎に気付かず不安そうに辺りを見廻した。
頰被りの下に見えた顔は、疲れた顔をした中年の男だった。
平八郎は、屋根裏部屋を出た。
荒物屋を出た平八郎は、頰被りをした人足風の男がいた黒塀の横手に急いだ。
頰被りをした人足風の男は、既に黒塀の横手にいなかった。

平八郎は、黒塀の周囲を廻った。だが、頰被りをした人足風の男は、黒塀の周囲の何処にもいなかった。

立ち去ったか……。

平八郎は、吐息を洩らして黒塀の横手の路地を出た。

黒塀の横手を出た平八郎は、荒物屋に戻ろうとした。

荒物屋にはおまちがいた。

平八郎は、怪訝に立ち止まった。

「おときさん、ねえ、おときさん……」

おまちは、店先から奥に声を掛けていた。

「婆さん、また寝たのかな。どうした婆さん、お客だぞ……」

平八郎は、荒物屋に入って奥に声を掛けた。だが、おとき婆さんの返事はなかった。

「あの、お侍さまは……」

おまちは、初めて逢う平八郎に戸惑いながらも首を僅かに傾けた。

「ああ、私は此処の居候《いそうろう》だ」

「居候……」

おまちは、眼を煌めかせて微笑んだ。

「うん。昨日から世話になってる」

「そうなんですか……」

「で、婆さんに何か用か……」

「え、ええ。浅草紙を……」

浅草紙は、漉《す》き返しの下級品で落とし紙として使われていた。

「ああ、浅草紙か……」

平八郎は、店の奥に積まれていた浅草紙の束《たば》を取って渡した。

「これで、良いか……」

「はい。あの、お代は如何ほどですか……」

「さあて、確か百文ぐらいだったと思うが……」

平八郎は、己が買った時の値を思い出そうとしたが、はっきり覚えてはいなかった。

「ま、良い。婆さんに云って置くから、金は後で払ってくれ」

「そうですか……」

「じゃあ、斜向かいのおまちが浅草紙を一束戴いたと、おときさんにお伝え下さい」

「ああ……」

おまちは首を僅かに傾け、平八郎を煌めく眼で見詰めて微笑んだ。

美しい……。

平八郎は思わず怯んだ。

「お願いします」

「こ、心得た……」

平八郎は、己の喉が渇いて僅かに引き攣るのを感じた。

「じゃあ……」

おまちは、浅草紙を手にして荒物屋から出て行った。

平八郎は見送った。

おまちは、黒塀の木戸で振り返り、微笑みながら会釈をした。

平八郎は、慌てて会釈を返した。

おまちは、黒塀の中に消えた。

平八郎は、小さな吐息を洩らした。

「お客が来たのかい……」

おとき婆さんが、大欠伸をしながら奥から出て来た。

「うん。斜向かいのおまちが浅草紙を一束買って行った。お代は後で貰ってくれ」

「あら。そうかい。御苦労だったね。どうだい、朝飯、食べるかい」

「御馳走してくれるのか……」

平八郎は、朝飯が未だなのを思い出した。

「ああ。その代わり、これからも都合の良い時は店番をして貰うよ」

「お安い御用だ」

平八郎は引き受けた。


目刺《めざ》しと香の物、そして蜆《しじみ》の味噌汁での朝飯は美味かった。

「御馳走さま……」

平八郎は箸を置いた。

「美味かったよ、婆さん」

「そりゃあ良かった」

おとき婆さんは、平八郎に茶を差し出した。

「忝ない……」

平八郎は茶をすすった。

「良い女だろう……」

「えっ……」

平八郎は戸惑った。

「おまちさんだよ」

おとき婆さんは、薄笑いを浮かべた。

「ああ。おまちか……」

「囲っている旦那がいるってのに、男が寄り集まってね……」

おとき婆さんは、呆れた面持ちで茶をすすった。

「ほう。そんなに男が寄り集まるのか……」

「ああ。若いのに色気があるからねえ。旗本の殿さまからお店の小僧迄、名前や素性を教えてくれと、煩いもんだ」

男たちは、おとき婆さんにおまちの事を尋ねに来ているのだ。

「へえ、そいつは凄いな。で、おまち、囲っている旦那の他に男はいるのかな」

「そりゃあ、囲っている旦那は年寄りの隠居だからね。若い男の一人や二人はいるのに決まっているよ」

おとき婆さんは、意味ありげに笑った。

「そうか、いるか……」

「ああ……」

「そいつは、何処の誰か分かるかな」

「そりゃあもう。店番をしているといろいろ見えてくるからねえ」

「頼む。教えてくれ……」

「私の見た処、旦那のような若い浪人ともう一人は大工《だいく》だね。どっちも貧乏人だけどね」

おとき婆さんは、遠慮のない言葉で己の睨みを告げた。

平八郎は苦笑した。

「そうか。若い浪人と大工の二人か……」

「ああ。そのどっちかに間違いないよ」

おとき婆さんは、自分の言葉に頷いた。

「二人の名は……」

「そこ迄はねえ……」

おとき婆さんは苦笑した。

「知らぬか……」

平八郎は茶をすすった。


黒塀に囲まれた仕舞屋から、三味線の爪弾きが洩れていた。

平八郎は、荒物屋の店番をしながら仕舞屋を見張った。

仕舞屋には訪れる者もいなく、おまちが出掛ける気配も窺えなかった。

「それにしても暇だな……」

荒物屋に客は訪れなかった。

平八郎は、暇に飽かせておまちの周囲にいる男を数えた。

先ずは、旦那である酒問屋『升屋』の隠居の忠左衛門だ。そして、旗本の倅の三浦真次郎、頬被りをした人足風の中年男。おとき婆さんの云った若い浪人と大工。

隠居の忠左衛門は別にして、おまちと何らかの拘わりのある男が四人も浮かんだ。

隠居の忠左衛門が心配する筈であり、旦那の忠造が手を切って欲しいと願うのも尤もなのだ。

おまちに恋仲の男はいるのか……。

もし、恋仲の男がいたなら忠左衛門の云う通り懲らしめて別れさせるか。それとも旦那の願い通りに一緒にさせてやるのか。

忠左衛門は一日一朱で雇ったが、忠造は掛かりとして一両を渡してくれた。だが、筋としては忠左衛門の云う通りにするべきなのだ。

平八郎は迷った。

ま、その時の出方次第。なるようにしかならない……。

平八郎は、迷いを振り払った。

行商の小間物屋がやって来て、黒塀の横手の路地に入って行った。

仕舞屋の裏口に廻る……。

平八郎は、小間物の行商人の動きを読んだ。

行商の小間物屋は、仕舞屋に入ったらしく出て来る事はなかった。

半刻が過ぎた。

行商の小間物屋は、仕舞屋から出て来なかった。

長いな……。

行商の小間物屋の商いにしては、時が掛かり過ぎている。

平八郎は戸惑った。

それから、もう四半刻が過ぎた。

行商の小間物屋は、仕舞屋から未だ出て来なかった。
行商の小間物屋は、只単《ただたん》に小間物を売っているだけなのだろうか。
ひょっとしたら、行商の小間物屋もおまちと拘わりがあるのかもしれない。
平八郎は、微かな疑念を抱いた。
着流しの若い浪人がやって来て、黒塀の前に佇んで仕舞屋を眺めた。
何者だ……。
若い浪人は仕舞屋を眺め、辛《つら》そうに吐息を洩らした。
おとき婆さんの云っていた若い浪人か……。
平八郎は、緊張を滲ませて若い浪人を見守った。

三

僅かな時が過ぎた。
黒塀の横の路地から、荷物を背負《せお》った行商の小間物屋が漸く出て来た。
若い浪人は、素早く物陰に隠れた。
平八郎は見守った。

行商の小間物屋は、嬉しげな笑みを浮かべて仕舞屋を一瞥し、浜町堀に向かった。
若い浪人は、行商の小間物屋を尾行た。
何をする気だ……。
平八郎は、不吉な予感を覚えた。
「婆さん、ちょいと出掛けて来る」
平八郎は、居間にいるおとき婆さんに声を掛け、行商の小間物屋と若い浪人を追った。

陽差しに輝く浜町堀には、舟が長閑《のどか》に行き交っていた。
行商の小間物屋は、浜町堀沿いの道を南に向かった。
浜町堀の南は武家地となり、様々な旗本や大名家の屋敷がある。
行商の小間物屋は、そうした屋敷の女たちを相手に商売をしているのかもしれない。
若い浪人は尾行した。
平八郎は、行商の小間物屋と若い浪人を追った。
武家地に入ると、行き交う人々は少なくなった。

行商の小間物屋は、浜町堀に架かる組合《くみあい》橋を渡って尚も南に進んだ。
浜町堀は、大川の三《み》ツ俣《また》に繋がっている。
行商の小間物屋は、大川沿いの道に出て新大《しんおお》橋に向かおうとした。
若い浪人は、行商の小間物屋に向かって猛然と走った。
斬る気か……。
平八郎は地を蹴った。
若い浪人は、行商の小間物屋に迫った。
行商の小間物屋は、振り返って恐怖に顔を激しく歪めた。
若い浪人は、行商の小間物屋に抜き打ちの一刀を放った。
行商の小間物屋は、咄嗟《とっさ》に荷物を背負った背中を向けた。
若い浪人の刀は、荷物に当たりながらも行商の小間物屋の左脚の太股を斬った。
行商の小間物屋は悲鳴をあげ、左脚の太股から血を飛ばして倒れ込んだ。
「死ね……」
若い浪人は、行商の小間物屋に止《とど》めを刺そうと刀を振り翳《かざ》した。
刹那、駆け付けた平八郎が、若い浪人に体当たりした。
若い浪人は、突き飛ばされて倒れそうになりながらも必死に踏み止まった。

「何故、この者を斬る……」

「黙れ」

若い浪人は、平八郎に斬り掛かった。

平八郎は、刀を抜き打ちに一閃した。

若い浪人の刀が弾き飛ばされ、大川に飛んで小さな水飛沫をあげた。

若い浪人は怯み、身を翻して逃げた。

平八郎は、左脚の太股から血を流して倒れている行商の小間物屋に駆け寄った。

「大丈夫か……」

平八郎は、行商の小間物屋を助け起こし、左脚の太股の傷を見た。

左脚の太股の傷は浅かった。

「浅手だ。心配するな……」

平八郎は、行商の小間物屋の左脚の太股を手拭で固く縛って血止めをした。

「とにかく医者に行こう……」

「へ、へい……」

平八郎は、行商の小間物屋を立ち上がらせた。

「申し訳ありません……」

行商の小間物屋は、傷の痛みに顔を歪めながら平八郎に礼を云った。

「なあに、困った時はお互い様だ。名は何と申す」

平八郎は、笑顔で尋ねた。

「へい。宇吉《うきち》と申します」

「よし。宇吉、とにかく医者だ……」

平八郎は、左肩に荷物を担ぎ、宇吉に右肩を貸して歩き出した。

「ありがとうございます」

「気にするな……」

「へい。くそっ、横塚《よこづか》の野郎……」

「あの浪人、横塚と云うのか……」

「へい。横塚源之助《げんのすけ》って貧乏浪人ですよ」

「住まいが何処か、知っているか……」

「確か、深川は弥勒寺《みろくじ》門前の茶店の納屋を借りていると聞いた事があります」

「そうか……」

平八郎は、行商の小間物屋の宇吉を連れて医者に急いだ。

浪人の横塚源之助は、何故に行商の小間物屋の宇吉を殺そうとしたのか……。

「心当たりあるのか……」

平八郎は、医者の手当てを終えた宇吉に尋ねた。

「へ、へい。まあ……」

宇吉は言い淀んだ。

「構わなかったら教えてくれ」

「あっしと横塚、実は恋敵なんですよ」

宇吉は、僅かに頬を染めた。

やはり、行商の小間物屋の宇吉は、おまちを取り巻く男の一人だった。

「ほう。恋敵か……」

平八郎は、大仰《おおぎょう》に驚いてみせた。

「それで横塚の野郎、あっしを斬ろうとしやがったんです」

宇吉は、怒りを滲ませた。

「じゃあ、女は横塚より宇吉に惚れているのだな……」

「ま、惚れていると云うか、横塚よりは親しい筈です。今日も紅白粉を買ってくれた上に昼飯まで御馳走してくれましてね。横塚の野郎、きっとそれを恨んであっしを殺そうとしたんでさあ」

宇吉は嘲笑った。

平八郎は、宇吉が半刻以上もおまちの家にいた理由が昼飯だと知り、苦笑した。

「邪魔な恋敵は始末するか……」

「仰る通りで……」

「それで宇吉、横塚源之助を町奉行所に訴えるのか……」

「へい。これで横塚の野郎は伝馬《てんま》町送り、ざまあみろってんだ」

宇吉は息巻いた。

浪人の横塚源之助は、宇吉の云う通り町奉行所の役人にお縄になって咎人《とがにん》となる。

それは、おまちに迷わされた挙《あ》げ句《く》の事と云っていい。

やはり、おまちは迷い神なのだ。

平八郎は、そう思わずにはいられなかった。


浜町堀に夕陽が差し込んだ。

平八郎は、荒物屋の店先の縁台に腰掛け、仕舞屋を見張りながら店番をしていた。

おまちに出掛ける様子はない。

おとき婆さんの睨んだ二人の内、浪人の横塚源之助は現われた。残る一人の大工は未だ姿を見せてはいない。

酒問屋『升屋』の手代の文七が、足早にやって来た。

文七は、物陰に佇んで不安そうに辺りを見廻した。

俺を捜しているのか……。

平八郎は、荒物屋の店先を出て文七に向かった。

文七は、平八郎に気付いて微かな緊張を過らせた。

「どうした……」

「は、はい。こちらに変わりはないかと……」

文七は、平八郎を怯えたような眼差しで窺った。

平八郎は戸惑った。

「うん。いろいろあったが、大した変わりはないよ」

「そうですか……」

文七は、頰を引き攣らせて笑った。

「うん。で、御隠居は無事に出立したか……」

「はい……」

「そうか……」

「あの、矢吹さま、おまちさんは……」

文七は、黒塀に囲まれた仕舞屋を心配げに見詰めた。

「うん。昨日はあれから浅草の観音《かんのん》さまのお詣りに行ったが、今日は出掛けないようだ」

「そうですか。じゃあ矢吹さま、手前はこれで店に戻りますが、何か御用はございませんか……」

「うん。今の処はないよ」

「分かりました。では、手前はこれで……」

「うん。気を付けて帰るんだな」

「はい……」

文七は、平八郎に会釈をし、黒塀に囲まれた仕舞屋を一瞥して踵《きびす》を返した。

平八郎は、荒物屋に戻った。

「やあ……」

駒形の伊佐吉と長次が、荒物屋に来ていた。

「おう。これはこれは……」

「酒と食い物を持って来ましたぜ」

長次は、一升徳利と風呂敷包みを見せた。

風呂敷包みには、煮売屋で買ってきた総菜や稲荷寿司《いなりずし》などが入っていた。

平八郎は、伊佐吉と長次を荒物屋の屋根裏部屋に招き、窓から仕舞屋を見張りながら酒を飲み始めた。

「で、平八郎さん、行商の小間物屋の宇吉を知っていますかい」

「うん。宇吉、南町奉行所に訴え出たか……」

平八郎は酒を飲んだ。

「ええ。それで高村の旦那のお供をして弥勒寺門前の茶店に行き、横塚源之助をお縄にしましたぜ」

伊佐吉は告げた。

「そうか。で、横塚はどうなるのかな」

「今は大番屋にいますが、それなりの御仕置を受ける事になるでしょうね」

伊佐吉は眉をひそめた。

「そうか……」

「迷い神か……」

人足風の中年男と大工は、既に迷い神の餌食になっているのかもしれない。

平八郎は、想いを巡らせながら酒を飲んだ。

仕舞屋は静かな朝を迎えた。

平八郎は、荒物屋の屋根裏部屋の窓から仕舞屋と周囲の路地を見下ろした。

仕舞屋の庭ではおまちが掃除をし、婆やのおこうは井戸端で洗濯をしていた。そして、路地に不審な者が潜んでいる様子はなかった。

平八郎は、荒物屋の店番をしながら仕舞屋を見張った。

仕舞屋に訪れる者もいなく、時は過ぎていった。

平八郎は、店番と見張りを続けた。

昼が近くなった頃、黒塀の木戸からおまちが風呂敷包みを抱えて出て来た。

平八郎は、荒物屋の店先に素早く隠れた。

おまちは婆やのおこうに見送られ、荒物屋の前を通り過ぎて行った。

「婆さん、出掛けるぞ」

平八郎は居間に告げ、店先にあった売り物の塗笠《ぬりがさ》を被っておまちを追った。

おまちは、玄冶《げんや》店から人形《にんぎょう》町の通りに向かった。

平八郎は、塗笠を目深に被っておまちを尾行た。

人形町の通りを横切ったおまちは、葭《よし》町を抜けて東堀留川《ひがしほりどめ》に進んだ。

何処に行く……。

おまちの足取りに迷いや躊躇いはなく、行き先は決まっている。

平八郎は睨んだ。

おまちは、東堀留川に架かる親父橋を渡った。そして、照降《てりふり》町に入る手前、東堀留川沿いを南に曲がった。

平八郎は追った。

おまちは、堀江町四丁目の堀端《ほりばた》にある古い長屋の木戸を潜った。

平八郎は、古い長屋の木戸に走り、おまちがどの家を訪れたのか見届けようとした。

おまちは、奥の家の腰高障子の前に佇んでいた。

平八郎は、木戸の陰から見守った。

奥の家の腰高障子が開き、五歳程の男の子が出て来た。

「こんにちは、大吉《だいきち》ちゃん」

「あっ。おばちゃん……」

大吉と呼ばれた五歳程の男の子は、嬉しげにおまちに縋り付いた。

「お父ちゃん。どうしている」

おまちは、親しげに話し掛けた。

「寝ているよ……」

「そう。お邪魔しますよ」

おまちは、大吉を促して家の中に入り、後ろ手に腰高障子を閉めた。

平八郎は見届けた。

誰の家なのか……。

平八郎は、奥の家の主が誰なのか聞き込みを始めた。

長屋は堀端長屋、奥の家の主は政吉《まさきち》……。

堀江町四丁目の木戸番は、堀端長屋の奥の家の主を知っていた。

「政吉か。稼業は何かな……」

「大工ですよ……」

「大工……」

平八郎は眉をひそめた。

政吉は、おとき婆さんの云っていた大工なのだ。

「そうか、大工の政吉か……」

「ええ。確か四、五日前に普請場の屋根から落ちましてね。怪我をしている筈ですぜ」

「そうか……」

おまちは、大工の政吉が怪我をしたのを知っていて来ている。

「政吉、家族はいるのかな」

「二年前におかみさんを病で亡くして、男手一つで大吉って子を育てていますよ」

「父親と男の子の二人暮らしか……」

「ええ。仲の良い父子ですよ」

木戸番は笑った。

平八郎は、堀端長屋の木戸に戻った。

井戸端でおまちが洗濯をし、傍で大吉が遊んでいた。

平八郎は、木戸で見張った。

「おばちゃん……」

大吉は、洗濯をするおまちの背に抱き付いて甘えた。

「なんだい、大吉ちゃん……」

おまちと大吉は、楽しげに言葉を交わした。

まるで母子のようだ……。

平八郎は見守った。

おまちは洗濯物を干し、大吉を連れて買い物に出掛けた。

平八郎は追った。


おまちは、野菜や魚の干物などを買い、甘味処で大吉に団子を食べさせた。

大吉は、嬉しげに団子を食べた。

おまちは、団子を食べる大吉を優しく見守っていた。

平八郎は、見張るのを止めてそっとして置きたくなった。

夕暮れが近付いた。

おまちは、夕食の仕度をして政吉と大吉の家を出た。

平八郎は尾行た。

おまちは、足早に来た道を戻った。


通りは夕陽に照らされていた。

おまちは背中に夕陽を浴び、影を伸ばして高砂町に急いだ。そして、黒塀に囲まれた仕舞屋に近付いた。

黒塀の横手の路地から人影が現われ、おまちに向かって走った。

平八郎は眉をひそめた。

人影は、人足風の中年男だった。

おまちは立ち竦《すく》んだ。

「おまち……」

人足風の中年男は、立ち竦んだおまちの腕を掴んだ。

「は、離して下さい。旦那さま……」

おまちは、人足風の中年男の手を振り払おうと身を捩った。

「一緒に来てくれ」

人足風の中年男は、おまちを無理矢理に連れ去ろうとした。

平八郎は、地を蹴って猛然と走った。

人足風の中年男は、駆け寄って来る平八郎に気が付いた。

「何をしている」

平八郎は、駆け寄りながら一喝《いっかつ》した。

「お、お侍さま……」

おまちは、人足風の中年男に抗いながら平八郎に助けを求めた。

「おまちを離せ……」

平八郎は怒鳴った。

「来るな……」

人足風の中年男は、懐《ふところ》から匕首を出しておまちの首に突き付けた。

「来ると、おまちを殺すぞ……」

人足風の中年男は、涙を含んだ声で怒鳴った。

平八郎は立ち止まり、人足風の中年男を厳しく見据えた。

# 四

匕首は小刻みに震えた。

おまちは、首に突き付けられた匕首から逃れるように身を捩った。

「お、おまち、俺と一緒に来てくれ……」

人足風の中年男は、涙声でおまちに哀願した。

「だ、旦那さま。もう、とっくに終わっているんですよ」

おまちは、震える声で告げた。

平八郎は、身構えて人足風の中年男の隙《すき》を窺った。

通行人たちが恐ろしげに見守り、荒物屋から長次とおとき婆さんが眉をひそめて覗いていた。

「そんな事は知っている……」

「じゃあ……」

「知った上で頼んでいるんだ。おまち……」

人足風の中年男は、おまちに懸命に頼んだ。

人足風の中年男は、我に返ったようにおまちの首に突き付けていた匕首を見詰めた。

「おまちに頼むのなら、匕首を降ろしてからだろう」

平八郎は静かに告げた。

「落ち着け……」

「おまち……」

人足風の中年男は、哀しげに項垂れた。

刹那、若い武士が、遠巻きにして見ていた人々の中から雄叫《おたけ》びをあげて飛び出して来た。

三浦真次郎だった。

平八郎は戸惑った。

「離せ。その女《ひと》から手を離せ」

真次郎は、怒鳴りながら人足風の中年男に刀を振り翳した。

人足風の中年男は、咄嗟に振り返って真次郎に匕首を突き出した。

真次郎は、人足風の中年男に振り翳した刀を斬り下ろした。

人足風の中年男は、真次郎に抱き付くように体当たりをした。

「おまち……」

平八郎は、呆然としているおまちを素早く背後に庇《かば》った。

真次郎は、眼を丸くして凍《い》て付いた。

人足風の中年男は、慌てて後退りした。

真次郎は刀を落とし、腹から血を流してその場にへたり込んだ。

人足風の中年男は、血に塗れた匕首を見詰めて激しく震えた。

「平八郎さん……」

長次が、荒物屋から飛び出して来た。

平八郎は、人足風の中年男の手から血塗れの匕首を奪い取って押さえた。

長次は、人足風の中年男に素早く捕り縄を打った。

平八郎は、腹から血を流してへたり込んでいる真次郎の腹の傷を見た。

傷は深手だった。

「戸板だ。医者に運ぶんだ」

平八郎は叫んだ。

自身番の番人と木戸番が走った。

「しっかりしろ。今、医者に連れて行く」

「はい……」

真次郎は、泣き笑いの顔で頷き、立ち尽くしているおまちを見上げた。

「ぶ、無事ですか……」

「は、はい……」

おまちは、困惑した面持ちで頷いた。

「良かった……」

真次郎は、嬉しげな笑みを浮かべた。

自身番の番人と木戸番たちが、戸板を持って来た。

平八郎たちは、真次郎を戸板に乗せた。

「医者は近いのか……」

「すぐそこです」

「よし。連れて行ってくれ」

「はい」

自身番の番人と木戸番たちは、真次郎を戸板に乗せて運んでいった。

三浦真次郎は、おまちを見失った高砂町に来て捜し廻り、修羅場《しゅらば》に出遭った。

平八郎は睨んだ。

「さあ、一緒に来て貰うぜ」

長次は、縄を打った人足風の中年男を引き立てた。

「おまち……」

人足風の中年男は、哀しげにおまちを見詰めた。

おまちは、深々と頭を下げた。

人足風の中年男は項垂れた。

「平八郎さん、じゃあ……」

「うん……」

平八郎は頷いた。

「行くぜ……」

長次は、項垂れた人足風の中年男を引き立てて行った。

「おまち、仔細を聞かせて貰おう」

平八郎は、おまちを厳しく見据えた。


日は暮れた。

行燈の明かりは、仕舞屋の座敷を仄《ほの》かに照らしていた。

平八郎は、おまちに人足風の中年男との拘わりを尋ねた。

人足風の中年男は、三年前迄上野元黒門町で瀬戸物屋を営《いとな》んでいた松太郎《まつたろう》と云う男であり、おまちを妾として最初に囲った旦那だった。

松太郎は、妾のおまちに現を抜かし、商いを疎《おろそ》かにして店を潰した。

「それで、おまちも妾を首になったのか」

「はい……」

おまちは、哀しげに頷いた。

平八郎は、その後の松太郎の生き様を読んだ。

おそらく松太郎は、女房子供に愛想を尽かされ、日雇い人足に身を落とした。しかし、おまちを忘れる事は出来なかった。

松太郎は、おまちを捜し出し、昔のように一緒に暮らす事を願った。だが、願いは叶《かな》わず、三浦真次郎を匕首で刺してしまった。

真次郎が死ねば人殺し……。

松太郎は、おまちに迷わされた最初の男なのかもしれない。

平八郎は、松太郎を哀れんだ。

哀れなのは、三浦真次郎も同じなのだ。

真次郎は、おまちを助けたいと云う純な気持ちで松太郎に襲い掛かった。だが、真次郎は未熟だった。

平八郎は、真次郎が助かる事を願った。

真次郎は勿論、松太郎の為にも……。

真次郎が助かれば、父親の三浦主膳は旗本家の見栄と体面を重んじて日雇い人足に刺されたのを伏せる筈だ。そうすれば、松太郎の罪は軽くなるか、上手くすれば問われずに放免されるかもしれない。

迷い神……。

おまちは、己の意思とは拘わりなく男たちを迷わす迷い神なのだ。

平八郎は、すすり泣いているおまちを見詰めた。

おまちは、自分と拘わる男の不幸を泣かずにはいられなかった。


大番屋の詮議場には高窓から蒼白い月明かりが差し込み、隅に置かれた突棒《つくぼう》、刺股《さすまた》、袖搦《そでがらみ》の捕物三つ道具と石抱きの石や十露盤《そろばん》板が不気味だった。

駒形の伊佐吉は、長次の報せを受けて亀吉を南町奉行所の定町廻り同心の高村源吾の許に走らせた。

高村源吾は、大番屋に駆け付けて松太郎を詮議場に引き据えた。

松太郎は、おまちへの未練を素直に吐露《とろ》し、涙ながらに三浦真次郎を刺したのを悔やんで無事を願った。


医者に担ぎ込まれた三浦真次郎は、手当てを受けたが昏睡《こんすい》状態に陥《おちい》っていた。

報せを受けた父親の主膳は、家来を従えて三味線堀から駆け付けて来た。

自身番の店番は、平八郎に真次郎が刺された時の情況の説明を頼んだ。

平八郎は引き受けた。そして、真次郎の父親の主膳に逢って事の顚末《てんまつ》を教えた。

主膳は、平八郎の話を眉を怒らせて聞き終えた。

「ならば、真次郎は女を助けようとして日雇い人足に斬り付けたが、逆に刺されたと申すのか……」

主膳は、腹立たしげな面持ちで平八郎に念を押した。

「左様。相手は中年の日雇い人足、真次郎どのは侮《あなど》り、油断したのです」

「おのれ……」

「三浦さま、真次郎どのを刺した日雇い人足はその場で捕り押さえられ、大番屋で町奉行所の同心の詮議を受けています。間もなく何もかもがはっきりするでしょう」

平八郎は笑みを浮かべた。

「何もかもはっきりする……」

主膳は、眉間《みけん》に緊張を浮かべた。

「はい。直参旗本の真次郎どのが刀を抜きながらも、何故にその日暮らしの日雇い人足に腹を一突きにされたか……」

平八郎は、主膳の出方を窺った。

「ならぬ……」

主膳は遮った。

「三浦さま……」

平八郎は、主膳の真意を探った。

「直参旗本三浦真次郎が、刀を抜きながらも武芸の心得のない日雇い人足に刺されたなど、あってはならぬ……」

主膳は、憮然《ぶぜん》とした面持ちで云い放った。

真次郎が日雇い人足に刺された事は、旗本三浦家の恥辱《ちじょく》でしかないのだ。

睨み通りだ……。

平八郎は、尚も主膳の真意を探った。

「しかし……」

「矢吹どのと申されたな……」

「はい」

「我が息子の三浦真次郎は、その日暮らしの日雇い人足に腹を刺されたのではなく、不覚にも足を滑らせて怪我をしたのだ」

主膳は、苦衷《くちゅう》に満ちた顔で告げた。

「ですが、そうなると日雇いの人足は……」

「真次郎とは何の拘わりもない……」

主膳は云い切った。

「分かりました。三浦さまがそれで宜しいのなら、私も町奉行所の役人にそう申し立てましょう」

平八郎は微笑んだ。

「忝ない……」

主膳は、平八郎に頭を下げた。

これで松太郎は、三浦真次郎を刺した咎人ではない。

「いいえ……」

平八郎は北叟笑《ほくそ》んだ。

「それにしても真次郎どの、命を取り留めると良いですな」

平八郎は、沈痛な面持ちで告げた。

「うむ。何とか助かってくれれば……」

主膳は吐息を洩らし、父親らしく息子の真次郎を心配した。

平八郎は頷いた。

燭台《しよくだい》の火は小刻みに揺れた。


三浦真次郎は、辛《かろ》うじて命を取り留めた。

おまちは、真次郎と松太郎の為に泣いて喜んだ。

平八郎は、荒物屋の店番をしながら仕舞屋を見張った。

浪人の横塚源之助と小間物屋の宇吉に続き、昔の旦那で人足の松太郎と三浦真次郎がおまちの周囲から消えた。

おまちは、松太郎と真次郎の身の心配をした。だが、その心配は恋仲の者に対するものではなかった。

残るは大工の政吉だけだ。

もし、おまちに男がいるとしたら子持ち大工の政吉なのか……。

平八郎は、想いを巡らせた。

伊佐吉と長次が、荒物屋にやって来た。

「おお、伊佐吉親分に長次さん、丁度良い処に来てくれた……」

「三浦真次郎、如何ですかい……」

伊佐吉は眉をひそめた。

「うん。どうにか助かったようだ……」

「そいつは良かった……」

「で、松太郎はどうしている」

平八郎は心配した。

「何もかも正直に話していますよ」

長次は微笑んだ。

「弾《はず》みで真次郎を刺したが、松太郎は悪党じゃあないからな」

平八郎は、微かな安堵を覚えた。

「ああ。で、丁度良かったってのは……」

「そいつなんだが……」

平八郎は、三浦真次郎は松太郎に刺されたのではなく、足を滑らせて怪我をしたと証言してくれと、父親の三浦主膳に頼まれたのを教えた。

「じゃあ、松太郎は真次郎の怪我に何の拘わりもないと……」

伊佐吉は苦笑した。

「そう云う事だ……」

平八郎は、笑顔で頷いた。

「分かった。じゃあ、俺はそいつを高村の旦那に報せますぜ」

「頼む……」

「じゃあ長さん、平八郎さんの手伝いをな」

「承知……」

長次は頷いた。

伊佐吉は、荒物屋から立ち去った。

「拘わる男たちを迷わせ、不幸にする。おまち、やっぱり迷い神か疫病《やくびょう》神のようですね」

長次は、吐息混じりに仕舞屋を眺めた。

「うん……」

「で、残るは大工ですか……」

「名は政吉、日本橋は堀江町四丁目の堀端長屋で倅の大吉と二人暮らしでしてね。今、普請場で怪我をして仕事を休んでいます」

「おまちとはどんな風ですか……」

「時々堀端長屋に行って、洗濯をしたり、飯を作ってやったりしているようです」

「出来ているんですかね……」

長次は眉をひそめた。

「かもしれません……」

「ちょいと探ってみますか……」

「お願い出来ますか……」

「ええ。じゃあ……」

長次は、堀江町四丁目の堀端長屋に向かった。

平八郎は、おまちの住む仕舞屋を見張り続けた。

東堀留川は、思案《しあん》橋を潜って日本橋川に続いている。

長次は、東堀留川沿いを堀江町四丁目に進んだ。そして、堀端長屋の木戸から奥にある政吉の家を窺った。

政吉の家の表では、大吉が錆《さ》び釘で地面に絵を描いて遊んでいた。

長次は見張った。

妾稼業のおまちが、子持ちの貧乏大工・政吉と恋仲だとしたら、どうしてなのだ。

長次は、その理由が知りたかった。

長屋の大年増のおかみさんが、洗濯物を抱えて井戸端に現われた。

「あら、大吉ちゃん、一人で遊んでいるのかい……」

大年増のおかみさんは、洗濯を始めながら大吉に声を掛けた。

「うん……」

「お父ちゃんの具合、どうだい」

「大分、良いって……」

「そりゃあ良かったね。おばちゃん、今日は来ないのかい……」

大年増のおかみさんは、おまちの事に触れ始めた。

長次は、微かな緊張を過らせた。

「うん……」

大吉は、淋しげに俯《うつむ》き、絵を描き続けた。

「そうか。大吉ちゃんはおばちゃんが大好きなんだ」

「うん……」

「おばちゃん、おっ母ちゃんに良く似ているもんね……」

大年増のおかみさんは、洗濯をしながら微笑んだ。

おまちは、大吉の死んだ母親に良く似ている……。

長次は戸惑った。

まさか……。

長次にある閃きが過った。


黒塀に囲まれた仕舞屋は、身を慎《つつし》むかのようにひっそりとしていた。

平八郎は、仕舞屋を見張りながら荒物屋の店番をしていた。

酒問屋『升屋』の手代の文七が、血相《けっそう》を変えて駆け寄って来た。

平八郎は、文七に気付いて荒物屋を出た。

「あっ、矢吹さま……」

文七は、息を荒く鳴らした。

「どうした、文七……」

「は、はい。たった今、大山詣りのお世話役の方から御隠居さまが卒中《そっちゅう》でお倒れになったと報せが……」

「なに、御隠居が卒中……」

平八郎は驚いた。

「はい。それで、旦那さまが直ぐ升屋においで願いたいと……」

「心得た」

平八郎は、荒物屋のおとき婆さんに声を掛け、文七と共に酒問屋『升屋』に走った。


酒問屋『升屋』は、緊張と酒の匂いに満ちていた。

旦那の忠造は、平八郎に番頭の久兵衛と共に大山に赴《おもむ》き、隠居の忠左衛門を連れて来てくれと頼んだ。

平八郎は引き受けた。そして、伊佐吉や長次に報せる暇もなく、番頭の久兵衛と共に下男や大八車を引いた人足たちを率いて大山に出立した。


十日が過ぎた。

平八郎と番頭の久兵衛は、卒中で倒れた忠左衛門を大八車に乗せて帰って来た。

幸いな事に忠左衛門の卒中は軽く、言葉や食事、手足が僅かに不自由になったぐらいで済んだ。しかし、最早《もはや》おまちを囲い続ける事は叶わなかった。

平八郎は、旦那の忠造からそれなりの給金と礼金を貰い、漸くお役御免になった。

勿論、おまちを見張る仕事も終わりだ。

平八郎は、微かな違和感を覚えながら酒問屋『升屋』を後にし、久し振りにお地蔵長屋の家に向かった。

「お帰りなさい」

長次が、酒問屋『升屋』を出た平八郎に並んだ。

「やあ。長次さん……」

「大山行きは旦那の忠造さんに聞きましたよ。大変でしたね」

「うん。死なずに済んで何よりだった」

「ええ。で、気が付きましたか……」

長次は苦笑した。

「やはり、升屋に何かあったのか……」

平八郎は、微かな違和感を覚えたのを思い出した。

「手代の文七、おまちと駆け落ちしましたよ」

「何だって……」

平八郎は驚いた。

「おまちの男、文七だったんです」

「文七……」

平八郎は、呆然とした面持ちで呟いた。

「ええ。婆やのおこうの話じゃあ、おまちは毎月お手当を持って来ていた文七といつの間にか出来ちまったそうです」

「じゃあ、大工の政吉は……」

「そいつなんですがね。おまち、政吉の死んだ女房の実の妹だそうです」

「ならば、政吉の義理の妹……」

「そして、大吉の本当の叔母さんでしたよ」

「そうだったのか……」

「ええ。御隠居の忠左衛門さんも卒中で倒れたなんて、やっぱりおまちは迷い神なんですかねえ」

「うん……」

「文七の身に何事もなきゃあ良いんですがね」

「そいつを祈るばかりだ……」

平八郎は頷くしかなかった。

日は暮れ始めた。


神田明神門前の居酒屋『花や』は、客で賑わっていた。

平八郎と長次は、居酒屋『花や』に寄って酒を飲んだ。

「迷い神か……」

平八郎は、おまちと拘わって道に迷い、不幸になった者たちを思い浮かべた。

「ええ、本当にいるんですねえ……」

長次は眉をひそめた。

おまちは、本当に人を迷わせる迷い神なのかもしれない。

平八郎は酒を飲んだ。

首を僅かに傾けて微笑むおまちの顔が、平八郎の脳裏《のうり》に不意に浮かんで消え去った。

迷い神……。

酒は苦く、幾ら飲んでもいつもの心地良さは訪れなかった。

# 第四話　立ち腹

一

隅田川は鈍色に輝き、滔々《とうとう》と流れていた。

向島の崩れた土手の修繕普請は、大勢の日雇い人足たちによって行なわれていた。

日雇い人足の中には、頬被りをした平八郎もいた。

平八郎は、老人足の利平《りへい》と組んで畚《もっこ》で石を運んでいた。

「おう。利平の父っつあん。こっちに持って来てくれ」

石積み職人の小頭《こがしら》が手をあげた。

「おう。行くぜ、旦那……」

利平は、後棒の平八郎に告げた。

「心得た」

利平と平八郎は、西瓜《すいか》大の石を入れた畚を担ぎ、石積み職人の小頭の許に向かった。

人足の利平は、六十歳を過ぎたぐらいだが畚を担ぐ足取りは確かなものだった。

平八郎は、先棒として前を行く利平の足捌《さば》きに武芸の修行を感じ取った。

元は武士……。

平八郎は、利平の素性を推し量《お はか》った。

利平は、己の出自の欠片も窺わせず、年老いた人足として控《ひか》え目に仕事をしていた。

人にはそれぞれ事情がある……。

平八郎自身、武士としての見栄《みえ》や体面はとっくに棄てている。

利平は、浪人の平八郎に対しても日雇い人足としての口を利いていた。

平八郎は、利平の穏やかで思慮深い人柄を知り、密かに感心した。

利平と平八郎は、息を合わせて石運びの仕事をこなした。


日暮れが近付き、その日の仕事は終わった。

平八郎や利平たち日雇い人足は、普請場の元締からその日の給金を貰って家路についた。

平八郎は、向島の土手道を吾妻橋に向かった。

大川に架かる吾妻橋を渡り、浅草から下谷《したや》に抜けて明神下のお地蔵長屋に帰る。

着替えて花やで一杯やるか……。

平八郎は、貰った給金を握り締めて先を急いだ。

三人の羽織袴の武士が、桜餅《さくらもち》で名高い長命寺《ちょうめいじ》門前の茶店から現われ、小走りに吾妻橋に急いだ。

何かあったのか……。

平八郎は追った。

三人の羽織袴の武士は、先を行く菅笠《すげがさ》を被った人足に追い縋り、取り囲んだ。

行き交う人々は足を止めた。

平八郎は、足を止めて恐ろしげに見守る人々と一緒に様子を窺った。

菅笠を被った人足は利平だった。

利平は、三人の羽織袴の武士に囲まれ、俯いて佇んでいた。

三人の羽織袴の武士は、何事かを言い募って利平の菅笠を毟り取ろうとした。

利平は僅かに身を引き、菅笠を毟り取ろうとした羽織袴の武士の手を躱した。

「おのれ、刃向《はむか》うか……」

三人の羽織袴の武士は、利平の腕を押さえて連れ去ろうとした。

刹那、利平は押さえられた腕を僅かに動かした。

腕を押さえていた羽織袴の武士が、地面に激しく叩きつけられた。

出来る……。
平八郎は、利平がかなりの剣の使い手だと睨んだ。
「おのれ……」
二人の羽織袴の武士は、素早く刀を抜いて構えた。
利平は、二尺（約六十センチ）程の長さの細い竹の棒を拾い上げた。
どうする……。
平八郎は、利平の助《すけ》っ人《と》に出て行くかどうか迷った。
次の瞬間、羽織袴の武士たちが、怒声を上げて利平に斬り付けた。
利平は、細い竹の棒を素早く動かした。
羽織袴の武士たちは、次々と仰け反って膝を突いた。
一瞬の出来事だった。
利平は、細い竹の棒で羽織袴の武士たちの顔を突き、太股に突き刺したのだ。
見事な早業《はやわざ》だ。
平八郎は感心した。
三人の羽織袴の武士は、太股から血を流して呻いた。
利平は、血の付いた細い竹の棒を棄ててその場を離れた。

羽織袴の武士の一人が、懸命に立ち上がって利平を追った。
平八郎は急いだ。
利平は、竹屋《たけや》ノ渡しを過ぎた。
羽織袴の武士は、太股を刺された脚を引き摺りながら利平を尾行た。
行き先を突き止めようとしている……。
平八郎は睨んだ。
利平は、水戸《みと》藩江戸下屋敷の前に差し掛かった。
此処迄だ……。
平八郎は、足を速めて羽織袴の武士の背後に近付き、土手道の下に突き飛ばした。
羽織袴の武士は、悲鳴をあげて土手道から転げ落ちた。
利平が振り向き、菅笠をあげた。
平八郎は、利平に駆け寄った。
「やあ。尾行ていましたよ……」
平八郎は、土手下の河原で踠《もが》いている羽織袴の武士を示し、利平に笑い掛けた。
「造作を掛けましたね……」
利平は苦笑した。

「どうって事はありません。長居は無用です」

平八郎は促した。

利平は頷き、吾妻橋に急いだ。

平八郎は続いた。

隅田川の流れは夕陽に煌めいた。


浅草花川戸町は、隅田川に架かる吾妻橋の西詰にある。

平八郎と利平は吾妻橋を渡り、花川戸町の居酒屋に入って安酒を飲み始めた。

「何者ですか、奴らは……」

「矢吹の旦那……」

利平は、猪口を置いた。

「利平さん、貴方が武士だと云うのは分かっています」

平八郎は微笑み、利平に酒を注いだ。

「でしょうね……」

利平は苦笑し、酒を飲んだ。

「人にはいろいろありますが、命を狙われるとは穏やかじゃありませんね」

平八郎は、手酌で酒を飲んだ。

「仰る通りです」

利平は、淋しげに笑った。

「利平さん……」

「矢吹さん、私は或《あ》る藩の家臣だったのですが、五年前に余りにも我儘《わがまま》な殿をお諫《いさ》めしてお怒りを買い、上意討ちを掛けられましてね」

利平は微笑んだ。

「上意討ち……」

平八郎は眉をひそめた。

上意討ちとは、家来が主君の命を受けて罪人を討つ事を云った。

「ええ……」

利平は頷き、手酌で酒を飲んだ。

「それで、殿さまを見限ったのですか……」

「左様。私は愚《おろ》かな殿の為に死ぬのが虚《むな》しくなりましてね。老妻を連れて国許から逐《ちく》電《でん》した不忠者なのです」

利平は、穏やかに告げた。

そこには、気負いや昂《たか》ぶりの欠片も見受けられなかった。

「じゃあ、さっきの者共は……」

「昔の家中の者共です。おそらく人足働きをしている私を見付け、手柄にしようとしたのでしょう」

「そうでしたか……」

平八郎は、利平に酒を注いだ。

利平は、目礼をして猪口に酒を受けた。

「私一人ならば、今更どうなろうが構わないが、老妻を道連れにするのも残すのも不《ふ》憫《びん》でしてね……」

利平は、淋しげに酒を飲んだ。

「しかし、利平さん、このままでは落ち着いた暮らしは出来ないでしょう」

「ま、江戸を離れるのが上策ですが、何分にも老妻は江戸生まれの江戸育ち……」

「ほう。じゃあ、利平さんが江戸詰めの時にでも一緒になったのですか……」

「ええ。それ故、出来るならば、江戸で死なせてやりたいものです」

利平は、微かな哀しさを過らせた。

「お子は……」

「倅がいたが、子供の頃に流行病《はやりやまい》で亡くしましてね……」

「それは気遣いのない事を訊きました。申し訳ありません」

平八郎は詫びた。

「いいえ。遠い昔の古い話……」

利平は笑った。

「さあ……」

平八郎は、利平の猪口に酒を満たした。

「忝ない……」

片隅から、酔った客たちの楽しげな笑い声があがった。


平八郎と利平は、浅草広小路で別れた。

利平は、蔵前の通りを浅草御門に向かって去って行った。

平八郎は見送った。

「何方《どなた》ですかい……」

長次が、暗がりから現われた。

「長次さん……」

「親分の処からの帰りでしてね……」

岡っ引の駒形の伊佐吉の家は、蔵前の通りにある駒形堂近くの鰻屋『駒形鰻』だ。

長次は、そこからの帰りだった。

「長次さん、仔細は後で話します。今の人の行き先を突き止めてくれませんか」

「いいですよ……」

長次は気軽に引き受け、利平を追い掛けようとした。

「あっ。長次さん、ああ見えても武士、かなりの使い手です。気を付けて……」

「承知……」

長次は苦笑し、暗がり伝いに利平を追った。

平八郎は見送った。


蔵前の通りを行き交う人は少なかった。

長次は、暗がり伝いを慎重に利平を追った。

利平は、駒形堂の前を左に曲がり、大川沿いの道に出た。そして、大川沿いの道を吾妻橋に足早に向かった。

戻るのか……。

長次は、戸惑いながらも追った。
利平は、吾妻橋の袂に佇んで辺りの暗がりを鋭く窺った。
長次は、素早く気配を消した。
慎重な男だ……。
長次は緊張した。
利平は、不審な者はいないと見定め、吾妻橋を渡って本所に進んだ。
利平は、己の行き先を平八郎にも隠そうとしていたのだ。
長次は、利平に興味を抱いた。
本所に出た利平は、中ノ郷《なかのごうかわら》瓦町を抜けて横川《よこかわ》に架かる業平《なりひら》橋を渡り、押上《おしあげ》村に入った。
長次は尾行た。

向島の土手の修繕普請場は、石積み職人や人足たちが忙しく働いていた。
平八郎は、若い人足と組んで畚での石運びをしていた。
利平は、仕事に来なかった。
平八郎は、普請場を見張っている武士たちのいるのに気付いた。

おそらく利平を狙う討手《うって》だ。

利平は、上意討ちの討手が現われると睨み、仕事に来なかったのだ。

平八郎は読んだ。

昼飯の時が来た。

平八郎は、持参した握り飯と水で昼飯を済ませた。

長次が、土手道をやって来た。

平八郎は、土手道にあがって長次を迎えた。


「分かりましたか……」

平八郎と長次は、土手の斜面の草むらに腰を降ろした。

「ええ。突き止めましたが、家は何処だったと思いますか……」

長次は苦笑した。

「蔵前の通りを行きましたから、元鳥越《もととりごえ》か柳橋《やなぎばし》の辺りですか……」

平八郎は読んだ。

「いいえ。本所は押上村ですよ」

「押上村……」

平八郎は驚いた。

「ええ。押上村は善桂寺《ぜんけいじ》って寺の家作でおかみさんと暮らしています」

「ですが……」

平八郎は戸惑った。

「あれから駒形堂を大川沿いに曲がり、吾妻橋に戻ったんですよ」

「じゃあ……」

「ええ。平八郎さんにも住まいは知られたくないって処ですか……」

長次は、利平の腹の内を読んだ。

「そうでしたか……」

「で、仔細を教えてくれますか……」

「はい。あの人は利平さんと云って……」

平八郎は、利平が上意討ちの討手に追われている元武士であり、昨日も向島で襲われた事などを教えた。

「成る程。それなら、厳しい警戒も仕方がありませんか……」

長次は、利平の慎重さの理由を知った。

「ええ。愚かな殿さまを持った宮仕《みやづか》えの辛い処ですよ」

「まさか、処々にいる侍……」

長次は、土手道から普請場を見ている武士たちを一瞥した。

「ええ。おそらく討手です」

「じゃあ……」

長次は、緊張を滲ませた。

「流石に抜かりはありません。利平さん、今日は休んでいますよ」

平八郎は苦笑した。

「それはそれは……」

長次は、危うさに近付かない利平の慎重さに感心した。

「それにしても何処の大名家なのか……」

平八郎は眉をひそめた。

「突き止めますか……」

「助かりますが、大丈夫ですか……」

「今、しなきゃならない探索は抱えていません。お安い御用ですよ」

長次は、薄笑いを浮かべた。

「じゃあ、私は仕事が終わったら押上村の善桂寺に行ってみます」

「分かりました。じゃあ夜、花やで……」

「心得ました」

平八郎は頷いた。

長次は、土手道を立ち去った。

「さあて、もう一働きするか……」

平八郎は、大きく背伸びをして普請場に下りて行った。

## 二

土手の修繕普請は再び始まった。

普請場を見張っていた羽織袴の武士たちは、利平が現われる様子はないと見定めた。そして、念の為に二人の武士を見張りに残し、引き上げ始めた。

長次は、長命寺の茶店で腹拵《はらごしら》えをし、羽織袴の武士を尾行る用意をした。

羽織袴の武士たちは、長命寺の茶店の前を足早に通り過ぎて吾妻橋に向かった。

「さあて、行くか……」

長次は、茶店を出て羽織袴の武士たちの尾行を開始した。

羽織袴の武士たちは吾妻橋を渡り、浅草広小路から蔵前の通りを進んだ。

長次は尾行た。

羽織袴の武士たちは、尾行者を警戒する様子も見せずに蔵前の通りを抜け、神田川に架かる浅草御門を渡った。

利平さんとは大違いだ……。

長次は、追う者と追われる者の違いを思い知らされた。

浅草御門を渡った羽織袴の武士は、柳原通りを筋違《すじかい》御門に向かった。

筋違御門は神田八ッ小路にあり、大名旗本家の屋敷のある駿河台の武家地に近い。

駿河台に屋敷を構える大名……。

長次は睨んだ。


向島の土手の修繕普請は終わった。

平八郎は、その日の給金を貰って押上村に急いだ。

向島の土手から本所押上村に行くには、水戸家江戸下屋敷の脇を通って小梅《こうめ》瓦町を抜けて行くのが近い。

平八郎は、小梅瓦町から北十間《きたじつけん》川沿いの道を進んだ。そして、行き逢った百姓《ひやくしよう》に善桂寺の場所を尋ねた。

百姓は、田畑の向こうにある小さな雑木林を指差した。

善桂寺は、その小さな雑木林の中にあった。

平八郎は、善桂寺の周囲を廻り、中の様子を窺った。

善桂寺は古い寺であり、裏庭に小さな家作があった。

平八郎は、近くに住んでいる百姓に聞き込みを掛けた。

押上村の田畑は夕陽に染まり始めた。


羽織袴の武士たちは、駿河台小川町《おがわまち》の大名屋敷に入った。

長次は見届けた。

さあて、何様の大名屋敷なのか……。

長次は、武家屋敷街を見廻した。

大名屋敷の隣の旗本屋敷から、中間が門前の掃除に出て来た。

長次は、掃除を始めた中間に駆け寄った。

「ちょいと、訊《き》きたい事があるんだがね」

長次は、中間に親しげに笑い掛けた。

「なんだい……」

中間は眉をひそめた。

「うん。隣のお大名、何処の何て方かな」

「お前さんは……」

「うん……」

長次は、懐の十手を僅かに見せた。

中間は、喉を鳴らして嘲りを浮かべた。

「飯岡《いいおか》藩の奴ら何かしでかしたんですかい」

「飯岡藩……」

「ええ。隣は信濃《しなの》国飯岡藩の江戸上屋敷ですぜ」

「信濃国飯岡藩の江戸上屋敷ですかい……」

長次は、利平を上意討ちにしようとしている大名を知った。

「ええ。殿さまは松島惟定《まつしまこれさだ》って野郎ですよ」

中間は、眉をひそめて吐き棄てた。

飯岡藩の主、松島惟定の評判は悪いようだ。

「どうだい。いろいろ聞かせちゃあくれないかな……」

長次は、中間に素早く小粒を握らせた。

「親分さん……」

「どうだい。聞かせてくれるかな……」

「そいつはもう……」

中間は、嬉しげに小粒を握り締めた。

長次は笑った。


善桂寺は夕暮れに覆われた。

平八郎は、裏庭の植込みの陰から小さな家作を見張った。

利平が、野菜を入れた笊を持って小さな家作から出て来た。

平八郎は、植込みの陰に潜《ひそ》んで己の気配を消した。

利平は、井戸端で野菜を洗って切り刻み始めた。

夕餉の仕度だ。

平八郎はそう思った。と、同時にある疑念が湧いた。

妻女はどうした……。

利平には、国許から一緒に逐電して来た老妻がいる筈だ。だが、夕餉の仕度を老妻ではなく、利平自身がしているのだ。

平八郎は戸惑った。

「お前さま……」

寝間着《ねまき》姿の老女が、家作から出て来た。

「おお、どうした佳乃《よしの》……」

「夕餉の仕度、私がやります」

「なあに、雑炊を作るだけだ。お前は寝ていなさい」

「でも……」

「さあ。美味いのを作るぞ……」

利平は、切り刻んだ野菜を笊に入れ、佳乃を支えるようにして家作に入って行った。

平八郎は、吐息を洩らした。

利平の佳乃と云う老妻は、病の床《とこ》に就《つ》いてるのだ。

「江戸で死なせてやりたい……」

平八郎は、利平の言葉を思い出した。

おそらく佳乃の病は重いのだ。

平八郎は、利平が老妻を伴って江戸から逃げない訳を知った。

夜風が吹き、善桂寺を囲む雑木林の梢は揺れた。


神田明神門前の居酒屋『花や』は、客たちの楽しげな笑い声で満ちていた。

平八郎と長次は、片隅で酒を飲みながら探り出した事を教え合った。

「そうですか、利平さんの奥方さま、重い病なんですか……」

「ええ。病の御妻女を連れて逃れ旅をする訳にもいかず、残して行く訳にもいかない。それに、御妻女を生まれ故郷の江戸で死なせてやりたい……」

平八郎は、老妻の佳乃を想う利平の優しさを知った。

「それで、危ない江戸に居続けている。お気の毒ですね」

長次は、利平に同情した。

「ええ。で、長次さんの方は……」

「利平さんがいた大名家は、信濃国の飯岡藩でしたよ」

「飯岡藩……」

「ええ。で、上意討ちを命じた殿さまは、松島惟定って奴です」

「松島惟定……」

「その殿さまの松島惟定、未だ二十歳なんですが、評判の悪い奴でしてね」

長次は、苦笑を浮かべながら酒を飲んだ。

「どんな評判ですか……」

「自分の思い通りにならなきゃあ家来に当たり散らし、気に入らなけりゃあ直ぐに手討ちにするそうですぜ」

「酷いな……」

平八郎は眉をひそめた。

「ええ。利平さん、きっとその辺の事を諫めたんですよ」

「そうしたら気に入らないと上意討ちか……」

平八郎は読んだ。

「きっとね……」

長次は頷いた。

「松島惟定、馬鹿な餓鬼《がき》だな……」

平八郎は、怒りを浮かべて罵った。

「ええ。そいつは折紙付きですよ。で、どうします」

長次は、平八郎の出方を窺った。

「飯岡藩の者共に上意討ちはさせません」

平八郎は毅然《きぜん》と告げた。

「分かりました。あっしもお手伝いしますぜ」

長次は、楽しげな笑みを浮かべた。

「ありがたい。宜しくお願いします」

平八郎は、己の事のように喜んで長次に頭を下げた。


向島の土手の修繕普請は続いた。

平八郎は、人足働きを続けた。

普請場に利平は現われず、飯岡藩の家来たちが見張りに来ていた。

どうしてくれるか……。

平八郎は想いを巡らせた。

昼飯の時が来た。

平八郎は、握り飯を食べ終えて普請場から土手道にあがった。そして、利平が来るのを見張っている家来を嘲笑して通り過ぎようとした。

「待て……」

家来は、怒気を浮かべて平八郎を呼び止めた。

「何だ。俺に用か……」

平八郎は、家来に侮りの眼を向けた。

「何故、笑った」

家来は、怒りを募らせた。

「此処で討手と出遭った者が、又来るなんて間抜けな真似はするまい」

「なに……」

「そいつに気付かず、見張りを続けている愚《おろ》か者に呆れただけだ」

「おのれ、本間利一郎《ほんまりいちろう》を知っているのか……」

利平の本名は本間利一郎……。

平八郎は知った。

「だったらどうした……」

平八郎は嘲笑った。

「本間利一郎は何処にいる」

「知りたければ、馬鹿殿の松島惟定を連れて来るんだな」

「な、なんだと……」

家来は、主の名を出されて血相を変えた。

「飯岡藩の馬鹿殿、松島惟定だよ」

平八郎は挑発した。

「おのれ、無礼者……」

家来は、平八郎に殴り掛かった。

刹那、平八郎は家来の腕を取って投げ飛ばした。

家来は、大きな弧を描いて土手道に叩き付けられた。

土埃《つちぼこり》が舞い上がった。

各所で見張っていた家来たちが、血相を変えて駆け寄って来た。

四人……。

平八郎は、素早く人数を見定めた。

「どうした……」

「此奴《こやつ》、本間の居所を知っているようだ。それに、無礼にも我が殿を罵った」

地面に叩き付けられた家来は、懸命に立ち上がりながら朋輩《ほうばい》に告げた。

「おのれ、下郎。手討ちにしてくれる」

家来たちは怒り、刀を抜き払った。

「面白い。やるか……」

平八郎は、道端に落ちていた木の枝を拾って不敵に笑った。

家来たちは刀を構え、怒声をあげて平八郎に殺到《さっとう》した。

平八郎は、僅かに身体を開いて躱し、家来の刀を握っている腕を鋭く打ち据えた。

乾いた音が鳴った。

家来は刀を落とし、打ち据えられた腕を抱えて蹲《うずくま》り、苦しく呻いた。どうやら、腕の骨が折れたようだった。

平八郎は、木の枝を振るって残る家来たちと闘った。

土埃が舞い上がった。

「喧嘩《けんか》だ。喧嘩……」

「負けるな、平さん……」

「平さん、やっちまえ」

修繕普請場の人足たちが駆け寄り、人足仲間の平八郎に味方して賑やかに囃《はや》し立てた。

平八郎は木の枝を唸《うな》らせ、残る三人の家来を打ちのめし、叩き伏せた。

四人の家来は、血と汗と泥に塗れて蹲った。

「良いか、飯岡藩の馬鹿殿、松島惟定に伝えろ。本間利一郎への上意討ちを止めなければ、おのれの愚かさと卑劣《ひれつ》さを江戸中に触れ廻るとな」

平八郎は、厳しく告げた。

家来は激しく狼狽え、汚れた顔を引き攣らせた。

「分かったら、さっさと立ち去れ」

平八郎は怒鳴った。

四人の家来たちは、慌てて土手道から立ち去って行った。

人足たちが手を叩いて笑った。

平八郎は見送り、木の枝を投げ棄てた。

「やあ、騒がしたな……」

平八郎は、人足たちに笑い掛けながら修繕普請場に下りて行った。


駿河台小川町の飯岡藩江戸上屋敷は、殿さまの松島惟定が下城してから静けさに包まれ、緊張が漲《みなぎ》っていた。

江戸上屋敷に漲った緊張は、家来や奉公人が殿さまの松島惟定の機嫌《きげん》を損《そこ》ねないように怯える姿でもある。

長次は、隣の旗本屋敷の中間部屋から見張った。

「随分、陰気な屋敷になったな……」

「ああ。見ざる聞かざる云わざる。出来るだけ馬鹿殿の眼に付かないようにする。下手《た》に目立って気に障《さわ》れば、手討ちに上意討ち。緊張して陰気にもなるぜ」

中間は苦笑した。

「まったくだな……」

長次は、家来や奉公人に同情した。

「追え。捕まえろ……」

「待て、草薙《くさなぎ》……」

男たちの怒号が、飯岡藩江戸上屋敷の中からあがった。

長次と中間は戸惑った。

血相を変えた若い家来が、飯岡藩江戸上屋敷の横手の路地から飛び出して来て神田八ッ小路に向かって駆け去った。

「草薙兵馬《ひょうま》の野郎、下手を踏んだな」

中間は、駆け去って行く若い家来を眉をひそめて見送った。

数人の家来たちが現われ、草薙兵馬を追った。

「ちょいと追ってみる」

長次は、草薙を追う家来たちに続いた。

神田八ッ小路は、神田川に架かる昌平橋と筋違御門への二つ、芋洗《いもあらい》坂、駿河台、三河町筋、連雀《れんじゃく》町、須田《すだ》町、柳原通りの八カ所に通じる広小路であり、多くの人が行き交っていた。

草薙兵馬は、駿河台の道から八ッ小路に駆け込んだ。

追手の家来たちは、草薙に追い縋った。

「草薙、上意だ」

家来たちは、逃げる草薙に斬り付けた。

草薙は、咄嗟に刀を抜いて躱した。

行き交う人々は驚き、悲鳴をあげて散った。

長次は見守った。

家来たちは、草薙を取り囲んだ。

「草薙兵馬、殿の御上意だ。神妙に致せ」

「嫌だ。嫌だ……」

草薙は、刀を振り廻して必死に逃げようとした。だが、家来たちは許さず、草薙に刀を煌めかせて殺到した。

鮮血が飛んだ。

三

鮮血が飛んだ。

飯岡藩の家来たちは、朋輩である草薙兵馬に群がって容赦なく斬り付けた。

草薙兵馬は血に塗れ、獣《けもの》のような咆吼《ほうこう》をあげて抗った。

「許せ、草薙」

「死んでくれ、兵馬……」

家来たちは、悲痛な声をあげて血塗れの草薙を斬り続けた。

好きで斬っているんじゃあない……。

長次は、上意討ちを命じられた家来たちの苦しい胸の内を知った。

草薙は倒れ、苦しげに呻いた。

「待て、待て……」

南町奉行所定町廻り同心の高村源吾が、塗笠を被った羽織袴の武士と共に家来たちの前に立ちはだかった。

「昼日中、刀を抜いて何の騒ぎだ」

高村は、十手を翳して一喝した。

「わ、我らは信濃国飯岡藩の者だ。主松島惟定の命により、家中の草薙兵馬なる者を上意討ちにする迄だ。町奉行所の咎めを受ける謂《いわ》れはない」

頭分の家来が声を震わせた。

「そうは参らぬ」

草薙の様子を見ていた羽織袴の武士が、塗笠を取って家来たちの前に進み出た。

南町奉行所吟味方与力の結城半蔵だった。

結城さま……。

長次は、結城半蔵と高村源吾の許に急いだ。

「お、おぬしは……」

頭分の家来は、怯えを過らせた。

「南町奉行所吟味方与力、結城半蔵。上意討ちだと申される証、あるかな……」

「い、今、それは……」

頭分の家来は狼狽した。

「ないのですな……」

「いや。それは……」

「ならば、斬られた者の氏素性、上意討ちが本当だと云う証が得られる迄、月番の我ら南町奉行所の扱い」

結城半蔵は、厳しい眼差しで家来たちを見据えた。

家来たちの狼狽は、困惑になった。

「高村、その者を急ぎ医者の許に……」

結城半蔵は、高村に命じた。

「はっ。誰か戸板を持って来てくれ」

高村は、見守る人々を見廻した。

「只今……」

長次が、木戸番や自身番の者たちと戸板を持って来た。

「おお、長次か……」

「はい……」

長次は、高村と結城半蔵に目礼し、木戸番たちと気を失っている草薙兵馬を戸板に乗せた。

「頼む……」

高村は、長次に命じた。

「お任せを。行くぜ」

長次は、木戸番たちと草薙を運んでいった。

「ま、待て……」

飯岡藩の家来たちは、慌てて追い掛けようとした。

結城半蔵と高村は、家来たちの前に立ちはだかった。

「飯岡藩の方々。以後、不服があれば大目付を通して申し入れるが宜しい」

結城半蔵は、厳しく云い放った。

「大目付に……」

家来たちは怯んだ。

大目付は、大名を監察するのが役目だ。

「ではな……」

結城半蔵は、高村源吾を従えて長次たちを追った。

飯岡藩の家来たちは、言葉もなく呆然と立ち尽くした。

医師は眉をひそめ、首を横に振った。

草薙兵馬の血に汚れた顔には、既に死相が現われていた。

「飯岡藩家中の草薙兵馬か……」

結城半蔵は眉をひそめた。

「はい……」

長次は頷いた。

「それにしても長次。お前、何をしていたんだい……」

高村源吾は、長次が都合《つごう》良く八ッ小路に現われたとは思っていなかった。

長次は、高村の睨みに苦笑した。

「はい。実は飯岡藩の江戸上屋敷を見張っていたんです」

「やはりな……」

高村は、小さな笑みを浮かべた。

「高村……」

結城半蔵は高村を制し、死相の浮かんだ草薙兵馬に耳を近づけた。

高村と長次は、草薙兵馬の傍に寄った。

「は、母上……」

草薙兵馬は、嗄れた声で微かに呟いた。

「草薙、松島惟定は何故、家来たちにおぬしの上意討ちを命じたのだ」

結城半蔵は尋ねた。

「殿が嫌がる腰元を手込めにしようと……。それで、殿をお諫めしたら……」

草薙兵馬は、喉を苦しく引き攣らせて再び意識を失った。

「それで殿さまが怒り、上意討ちとは……」

結城半蔵は呆れた。

「酷い話ですね」

高村は、怒りを過らせた。

「結城さま、高村の旦那。実は……」

長次は、飯岡藩江戸上屋敷を見張っていた理由を話した。

「松島惟定の上意討ちから逃れている老夫婦か……」

結城半蔵は、厳しさを滲ませた。

「はい。それで矢吹平八郎さんが、何とか助けてやろうとしているんです」

長次は告げた。

「やはり、矢吹の旦那が絡んでいたか……」

高村は眉をひそめた。

「はい……」

長次は頷いた。

「忠義者の命懸けの諫言《かんげん》を逆恨《さかうら》みし、上意討ちを命じるとは人の上に立つ藩主とは思えぬ愚か者。高村、上意討ちで追われる本間利一郎が一件。その方に任せる。矢吹平八郎に力添えしてやるが良い」

結城半蔵は命じた。

「はっ。心得ました」

高村は頷いた。

「結城さま……」

草薙兵馬を看《み》ていた医師が、結城半蔵に首を横に振って見せた。

草薙兵馬は、息を引き取った。

「そうか……」

結城半蔵は瞑目《めいもく》し、草薙兵馬に手を合わせた。

高村と長次は、結城半蔵に倣《なら》って手を合わせた。

飯岡藩家臣草薙兵馬は、主の松島惟定に諫言して無残な死を与えられた。


向島の土手の修繕普請は、陽の高い内に終わった。

平八郎は、尾行て来る者のいないのを見定めてお地蔵長屋に戻った。そして、水を被って着替え、刀を手にして家を出た。

木戸の古い地蔵尊は、頭を西日に眩しく輝かせていた。

平八郎は、古い地蔵尊に手を合わせ、輝く頭をさっと一撫でして押上村に急いだ。


押上村の田畑の緑は、吹き抜ける風に揺れていた。

平八郎は、北十間川沿いの道から雑木林に囲まれた善桂寺に近付いた。

利平が、薬籠を持った町医者と共に善桂寺の山門から出て来た。

平八郎は、素早く木陰に隠れた。

利平と町医者は、眉をひそめて何事かを囁き合った。

佳乃の病が悪くなった……。

平八郎の勘が囁いた。

町医者は、利平と別れて北十間川に向かって来た。

利平は頭を下げて見送り、善桂寺に戻って行った。

平八郎は、眼の前を通り過ぎた町医者を追った。

業平橋は、本所竪《たて》川と大川に続く北十間川を南北に結ぶ横川に架かっている。

善桂寺を出た町医者は、業平橋に差し掛かった。

平八郎は駆け寄った。

町医者は、若い浪人の出現に驚いた。

「私は矢吹平八郎と云って善桂寺の利平さんと昵懇《じっこん》の者だ。決して怪しい者ではない」

平八郎は、屈託《くったく》のない笑顔を見せた。

町医者は、平八郎に警戒する眼を向けた。

平八郎は構わず続けた。

「御妻女の佳乃さま、具合が悪そうだが、どうなんですか……」

平八郎は、心配そうに眉をひそめた。

「えっ……」

町医者は、平八郎が佳乃の名を口にしたのに戸惑った。

「頼む、この通りだ。教えてくれないか……」

平八郎は、町医者に頭を下げた。

「本当に利平さんと昵懇なんですな」

町医者は念を押した。

「ええ。仕事仲間です」

「そうですか……」

町医者は、警戒を解いた。

「で、佳乃さまの病は……」

「うむ。今日も心の臓の発作《ほっさ》を起こしましてな」

「心の臓の発作……」

平八郎は眉をひそめた。

「今日の処はどうにか落ち着いたが……」

町医者は、吐息を洩らした。

「難しいのですか……」

「ええ。長い間、無理を重ねて来た付けが廻ったのだろうな。最早、手の施《ほどこ》しようがない」

「では……」

平八郎は、緊張を過らせた。

「うむ。哀しい事だがな……」

町医者は頷いた。

「そうですか……」

本間利一郎の妻佳乃は、心の臓の重い病で明日をも知れぬ命なのだ。

平八郎は、佳乃と本間利一郎に同情せずにはいられなかった。

横川の流れに月明かりは煌めいた。


善桂寺の家作には、小さな明かりが灯されていた。

平八郎は植込みの陰に潜み、家作の障子に映える小さな明かりを見詰めた。

小さな明かりは、微かに揺れてはいるが温かいものだった。

居酒屋『花や』は賑わっていた。

平八郎は暖簾を潜った。

「いらっしゃい……」

女将のおりんが迎えた。

「うん。酒を頼む」

「お待ち兼ねですよ」

おりんは、店の奥の小部屋を示した。


店の奥の小部屋には、長次が高村源吾や伊佐吉と一緒に待っていた。

「やあ。お揃いですね」

平八郎は、小部屋に入った。

「ま。取り敢えず一杯……」

伊佐吉は、平八郎に猪口を渡して酒を満たした。

「忝ない……」

「久々ですな……」

高村は、酒の満たされた猪口を翳した。

「はい。御無沙汰《ごぶさた》しました」

「では な……」

高村と平八郎は酒を飲んだ。

伊佐吉と長次は続いた。

「で、何かありましたか……」

平八郎は、長次が高村や伊佐吉と一緒なのに異変を感じ取った。

「ええ。今日の昼間、飯岡藩の草薙兵馬って若い家来が、松島惟定の怒りを買いましてね。八ッ小路で上意討ちにされましたよ」

長次は、腹立たしげに告げた。

「上意討ち……」

平八郎は驚いた。

「そこに高村の旦那が、結城さまと一緒に通り掛かられましてね。斬られた草薙兵馬を医者に担ぎ込んだのですが……」

長次は、悔しげに首を横に振った。

「何でも、殿さまが、腰元を手込めにしようとしたのを草薙兵馬に諫められ、逆上して上意討ちだと抜かしたそうだ」

高村は酒を飲んだ。

「馬鹿な……」

平八郎は、腹立たしさを覚えた。

「それで、あっしが利平さんの件を……」

長次は、平八郎の猪口に酒を満たした。

「そうでしたか……」

「で、結城さまが、おぬしに力添えをしろと仰られてな」

高村は苦笑した。

「そいつはありがたい。宜しくお願いします」

平八郎は、高村の猪口に酒を注いだ。

「それで平八郎さん、利平さんこと本間利一郎さんはどうしているんですか……」

伊佐吉が尋ねた。

「うん。御妻女の佳乃さん、心の臓がかなり悪いそうでな。医者の話では、明日をも知れないと……」

「そんなに悪いのか……」

伊佐吉は眉をひそめた。

「うん……」

「お気の毒に……」

長次は、手酌で酒を飲んだ。

「で、これからどうするつもりだい……」

高村は、平八郎に尋ねた。

「そいつなんですが……」

平八郎は、手にしていた猪口を置いた。


善桂寺を取り囲む雑木林には、小鳥の鳴き声が溢れていた。

平八郎は、善桂寺の山門を潜って本堂の裏手に向かった。そして、裏庭の家作の前に出た時、井戸端で洗濯をしていた利平が立ち上がった。

「やあ……」

平八郎は微笑んだ。

「矢吹さん……」

利平は戸惑った。

「普請場に来ないので、どうしているかと思いましてね」

「だが、どうして此処が……」

「それより利平さん、草薙兵馬を御存知ですか……」

「草薙兵馬……」

「ええ。信濃国飯岡藩江戸上屋敷に詰めている家来です」

利平は、平八郎が何もかも知っているのに気付いた。

「その草薙兵馬がどうかしましたか……」

「昨日、松島惟定の怒りを買い、上意討ちにされました」

「なに……」

利平は、顔色を変えた。

小鳥の群れが、羽音を鳴らして雑木林から一斉に飛び立った。

四

平八郎は、草薙兵馬が上意討ちにされた経緯を利平に教えた。

「草薙兵馬に諫められて逆上し、上意討ちを命じる。まさに、利平さんの時と同じ。松島惟定の愚かさ、許せるものではない……」

平八郎は、怒りを滲ませた。

「あの時、斬っておけば良かった……」

利平は、抜けるような青空を眺めた。その眼差しには、静かな怒りと後悔が籠《こ》められていた。

「それで、お伺いしたいのですが、飯岡藩には公儀に知れて困る事はありませんか……」

平八郎は尋ねた。

「矢吹さん、飯岡藩が御公儀に知られて困る事は幾つかあります。だが、御公儀のお咎めを受けて飯岡藩がお取り潰しになれば、困るのは大勢の家臣とその家族。たとえ知っていても、それだけは……」

「出来ませんか……」

「はい……」

利平は、吐息混じりに頷いた。

「そうですか……」

「矢吹さん、討つべき相手は松島惟定唯《ただ》一人、私が必ず斬ります……」

利助は、厳しい面持ちで云い放った。

「しかし……」

平八郎は眉をひそめた。

「矢吹さん、一つお願いがあるのだが……」

利平は、平八郎に穏やかな視線を向けた。

「お願い……」

平八郎は戸惑った。

「ええ……」

利平は頷いた。

「私に出来る事なら……」

平八郎は、利平を怪訝に見詰めた。

「老妻の病が重くなりましてね。最後の江戸見物をさせてやりたいのですよ」

「最後の江戸見物……」

「ええ。江戸で生まれ育った老妻ですが、江戸に来てからは人目を忍んで暮らす毎日。出来るものなら、懐かしい江戸の町を見物させてやりたいのですが、どうしたら良いものかと……」

「御妻女の江戸見物ですか……」

「ええ……」

「しかし、御妻女は病で……」

平八郎は、緊張を過らせた。

「矢吹さん、だからこそ江戸見物をさせてやりたいのです……」

利平は蒼穹《そうきゅう》を眺めた。

その横顔には、妻・佳乃の死を覚悟した哀しさが窺われた。

「利平さん……」

平八郎は、利平の哀しさを知った。

利平の眼に溢れた涙は、痩《や》せこけた頬に零れ落ちた。

「分かりました……」

平八郎は頷いた。

「矢吹さん……」

「任せて下さい」

平八郎は、利平こと本間利一郎の願いを叶えてやりたかった。

本間利一郎の妻・佳乃は、下谷練塀《ねりべい》小路の組屋敷に住む御家人の娘だった。

両親は既に亡くなり、実家は兄の子が継いでいて音信は途絶《とだ》えている。

平八郎は、江戸見物の中に下谷練塀小路の組屋敷街を入れた。

「じゃあ、押上村の善桂寺を出てから吾妻橋を渡って浅草、浅草から練塀小路ですか……」

長次は頷いた。

「ええ。それから下谷広小路から不忍池……」

平八郎は、佳乃の江戸見物の道筋を思い描いた。

「で、その後は湯島天神から神田明神、昌平橋を渡って日本橋……」

長次は、日本橋迄の道筋を決めた。

「うん。ま、そんな処ですね」

平八郎は頷いた。

「で、平八郎さん、駕籠の方は大丈夫ですか」

「ええ。昔、雇われた事のある駕籠屋の旦那に訳を話して頼んだら、大ぶりの駕籠に蒲団を敷いてくれるそうです」

「そいつは良い。心配なのは、飯岡藩の連中と出遭わないかですね」

長次は、一抹《いちまつ》の懸念を抱いた。

「ええ。ですが、飯岡藩の者共に邪魔はさせません」

平八郎は、不敵に云い放った。

「平八郎さん、長次さん……」

下っ引の亀吉が、血相を変えてやって来た。

「どうした亀吉……」

長次は眉をひそめた。

「佳乃さまが、又心の臓の発作を起こしました」

亀吉は、平八郎に頼まれて善桂寺に張り付いていたのだ。

「長次さん、江戸見物は明日だ……」

平八郎は決めた。


翌朝、平八郎は町駕籠を連れて善桂寺を訪れた。

利平は浪人姿になり、刀を腰に差していた。

その姿は、まさに古武士の風格を漂わせていた。

「さあ、江戸見物に行きましょう」

平八郎は、屈託なく誘った。

「矢吹さん、いろいろ忝ない……」

利平は、平八郎に頭を下げた。

「いいえ。造作もない事です。御妻女を……」

「うむ……」

利平は、病み衰《おとろ》えた佳乃を抱き抱えて来て蒲団の敷かれた町駕籠に乗せた。

「矢吹さん、妻の佳乃だ……」

利平は、平八郎に佳乃を引き合わせた。

「佳乃にございます。いろいろ御迷惑をお掛けして申し訳ございません」

佳乃は、平八郎に深々と頭を下げて礼を述べた。

「いいえ。久々の江戸の町を楽しんで下さい」

「ありがとうございます」

「じゃあ利平さん、私は露払《つゆはら》いをします。駕籠脇に付いて佳乃さまのお世話をして下さい」

「うむ……」

利平は、佳乃の膝に褞袍《どてら》を掛け、出来るだけ寛《くつろ》いだ姿勢を取らせた。

「よし。矢吹さん……」

利平は、仕度が出来たと告げた。

「はい。さあ、先ずは吾妻橋から浅草だ。出来るだけ静かに頼むぞ」

平八郎は、駕籠舁に声を掛けた。

「合点《がってん》です。お任せを……」

駕籠舁は、威勢良く返事をした。

佳乃を乗せた町駕籠は、善桂寺を出て吾妻橋に向かった。

「大丈夫か佳乃……」

利平は、駕籠脇に付いて佳乃を心配した。

「はい。大丈夫です……」

佳乃は、微風を受けて心地良さそうに辺りを見廻した。

平八郎は、辺りを警戒しながら吾妻橋に進んだ。


吾妻橋の南詰には、伊佐吉と亀吉が高村と共に待っていた。

平八郎は、伊佐吉たちを一瞥して吾妻橋を進んだ。

伊佐吉と亀吉は、高村と共に佳乃の乗った町駕籠の背後に護《まも》るように付いた。

佳乃は久々に見る大川に眼を細め、川風に解《ほつ》れ髪を揺らした。

平八郎が吾妻橋を渡り終えた時、長次が現われて露払いに加わった。

「妙な奴はいませんよ」

長次は告げた。

「そうですか……」

平八郎は頷き、長次と行く手に気を配りながら進んだ。

一行は、浅草広小路から金龍山浅草寺を訪れた。

佳乃は嬉しげに境内を見廻し、利平の手を借りて観音さまのお詣りをした。

平八郎、長次、伊佐吉、亀吉、高村は、参拝客の中に飯岡藩の者がいないか警戒した。


浅草寺を後にした一行は、三味線堀の傍を抜けて御徒町《おかちまち》に入った。

御徒町には、下級旗本や御家人の組屋敷が幾筋もあり、佳乃が生まれ育った練塀小路もあった。

「佳乃、練塀小路だ……」

利平は、佳乃に教えた。

「ええ……」

佳乃は、連なる組屋敷を懐《なつ》かしげに眺めた。

練塀小路には、物売りの声が長閑に響いていた。

「子供の頃と一緒……」

佳乃は、懐かしそうに眼を細めて微笑んだ。

「そうか……」

利平は笑顔で頷いた。

平八郎と長次は、露払い役として利平の付き添う町駕籠の前を進んだ。そして、伊佐吉、亀吉、高村は町駕籠の背後を進んだ。

利平の付き添う町駕籠が通り過ぎた路地から、三人の武士が現われた。

三人の武士は、緊張した面持ちで利平と町駕籠を追った。

「高村の旦那……」

伊佐吉は眉をひそめた。

「ああ。おそらく御妻女の実家を見張っていた飯岡藩の奴らだろう。亀吉、矢吹の旦那にそれとなく報せろ」

高村は命じた。

「合点です」

亀吉は、素早く路地に駆け込んで行った。

下谷広小路は、東叡山寛永寺や不忍池を訪れた人々で賑わっていた。

平八郎と長次は、利平と共に佳乃を乗せた町駕籠を警護しながら賑わいを横切り、不忍池に向かった。

「平八郎さん……」

亀吉が、人混みの中を来た。

「どうした」

「飯岡藩の野郎共が追って来ています」

「何……」

「練塀小路からですが。高村さまの睨みじゃあ、奥方さまの実家を見張っていたんだろうと……」

「そうか。よし、長次さんにも報せてくれ」

「承知……」

亀吉は、長次に近寄って行った。

三人の武士は、不忍池に向かう佳乃を乗せた町駕籠を尾行た。

伊佐吉と高村は、三人の武士を追った。

不忍池は陽差しに煌めいていた。

平八郎は、不忍池の畔にある茶店の前で立ち止まった。

長次と亀吉は、茶店の向かい側の雑木林に潜んだ。

佳乃を乗せた町駕籠が、平八郎の傍に停まった。

「一休みです」

「はい。具合はどうだ、佳乃……」

利平は、佳乃を町駕籠から降ろし、茶店の縁台に腰掛けさせた。

「お陰さまで、久し振りの江戸を楽しませて戴いております」

佳乃は、平八郎と利平に頭を下げ、そのまま胸を押さえて息を引き攣らせた。

心の臓の発作……。

「佳乃……」

利平は、崩れそうになった佳乃を素早く抱き抱えた。

「御妻女……」

平八郎は慌てた。

「矢吹さま、今日は本当に忝のうございました。お礼を申し上げます」

「いや。これから湯島天神や日本橋にも参りますよ」

「そうだ佳乃、江戸見物は未だこれからだ」

利平は、佳乃を励ました。

「観音さまから練塀小路、そして不忍池。お前さま、もう充分ですよ……」

佳乃は、衝き上げる苦しさを必死に堪《た》えて微笑もうとした。

「佳乃……」

利平は、佳乃を抱き締めた。

「お前さま……」

佳乃は、利平の腕の中で微笑んだ。

微笑みに涙が伝った。

平八郎は、為《な》す術《すべ》もなく見守った。

「本間利一郎、上意だ……」

追って来た三人の武士が、刀を抜いて利平に猛然と走り寄ってきた。

平八郎は立ちはだかった。

雑木林から長次と亀吉が現われ、利平と佳乃の周囲を固めた。

「退け、邪魔するな」

三人の武士は平八郎に怒鳴り、利平に斬り掛かろうした。

「刀を引け……」

平八郎は、抜き打ちの一刀を放った。

一人の家来が、刀を弾き飛ばされて倒れた。

土埃が舞い上がった。

「やるか……」

平八郎は、怒気を露わにした。

「おのれ……」

三人の武士は激昂《げっこう》し、猛然と平八郎に斬り掛かった。

平八郎は、鋭く斬り結んだ。

三人の武士の一人が、利平に襲い掛かった。

長次と亀吉は、十手を振るって食い止めた。

「退け、下郎」

武士は、長次と亀吉に刀を振り翳した。

刹那、捕り縄が飛来して武士の首に絡みついた。

伊佐吉だった。

伊佐吉は、武士の首に絡みついた捕り縄を素早く引いた。

武士は、仰向けに仰け反った。

長次と亀吉は、仰け反った武士の刀を握る腕と顔に十手を何度も叩き込んだ。

武士は刀を落とし、顔を覆って蹲った。

亀吉が押さえ付け、長次が手早く捕り縄を打った。

平八郎は、武士の一人の太股を斬った。

太股を斬られた武士は、棒のように倒れた。

残る武士は、恐怖に駆られて身を翻して逃げた。

高村が立ちはだかり、擦り抜けようとした武士を捕まえて鋭い投げを打った。

武士は、激しく地面に叩き付けられて苦しく呻いた。

高村は、苦しく呻く武士を容赦なく十手で打ち据えた。

伊佐吉、長次、亀吉が、二人の武士を縛り上げた。

「何をする。我らは飯岡藩家臣、町奉行所に捕らえられる謂れはない」

「煩せえ。手前らが先に仕掛けたのは、確《しか》と見せて貰ったぜ。言い訳なら南町奉行所で聞こうじゃあねえか」

高村は、冷たく云い放った。

「高村さん……」

平八郎は刀を納めた。

「こっちは引き受けた……」

高村はそう云い、利平を示した。

「はい……」

平八郎は頷き、利平と佳乃の許に走った。

「利平さん……」

平八郎は、佳乃を抱いて蹲っている利平に声を掛けた。

「矢吹さん……」

利平は、涙に濡れた顔をあげた。

「御妻女は……」

佳乃は微笑みを浮かべ、利平の腕の中で息絶えていた。

「見てやって下さい。佳乃の嬉しそうな笑顔を。久し振りに江戸の町を見て喜んでいる佳乃の笑顔を……」

利平は、笑顔で告げながら涙を零した。

「佳乃、苦労を掛けたな。済まぬ……」

利平は、嗚咽《おえつ》を洩らした。

「利平さん……」

平八郎は、慰《なぐさ》める言葉もなく立ち尽くした。

不忍池に木の葉が舞い散り、水面の波紋が幾重にも広がった。

利平は、佳乃の弔《とむら》いを終えた。

「これからどうします」

平八郎は、善桂寺の家作に酒を持って利平を訪ねた。

「さあて、どうするか……」

利平は、湯呑茶碗の酒をすすった。

「御妻女がお亡くなりになった今、江戸を立ち退いたら如何ですか……」

「そうですね。江戸を離れるのも良いですな」

利平は、小さな笑みを浮かべた。

「ええ……」

平八郎と利平は、静かに酒を飲んだ。

佳乃の位牌《いはい》に供えられた線香の煙は、揺れながら昇った。

南町奉行所吟味方与力の結城半蔵は、不忍池の畔で捕らえた飯岡藩の家臣たちを厳しく詮議した。そして、藩主・松島惟定の命じる上意討ちの実態を洗い出した。

上意討ちは、松島惟定の我儘による理不尽《りふじん》なものが多かった。

結城半蔵は、松島惟定の上意討ちの真相を御用留帳《ごようどめ》にして評定所に差し出した。

評定所は、松島惟定の上意討ちに対する吟味を始めた。

駿河台小川町の飯岡藩江戸上屋敷の表門が軋みをあげて開いた。

藩主・松島惟定が登城する刻限だった。

松島惟定を乗せた打揚腰網代《うちあげこしあじろ》駕籠が、供侍たちを従えて表門から出て来た。

松島惟定の登城行列は、武家屋敷街を内濠に架かる一ツ橋《ひとつばし》御門に向かった。

一ツ橋御門前には一番火除《ひよけ》地と三番火除地があり、松島惟定の登城行列はその間の道を進んだ。

三番火除地の端には、塗笠を被った浪人が佇んでいた。

松島惟定の登城行列は、塗笠を被った浪人に近付いた。

浪人は塗笠を取って片膝を突き、松島惟定の登城行列の通り過ぎるのを待った。

浪人は、利平こと本間利一郎だった。

掛かった。

松島惟定の乗った打揚腰網代駕籠が、片膝を突いて頭を下げている利平の前に差し

利平は、不意に立ち上がって供侍を突き飛ばし、打揚腰網代駕籠に刀を鋭く突き刺した。

陸尺《ろくしゃく》たちは驚き、打揚腰網代駕籠から松島惟定が悲鳴をあげて転げ出た。

供侍たちは、不意の攻撃に激しく狼狽した。

利平は、転げている松島惟定の前に素早く廻り込んだ。

「本間利一郎……」

松島惟定は、恐怖に眼を瞠って震えた。

「死ね、外道《げどう》……」

利平は、刀を真っ向から斬り下げた。

松島惟定は、斬られた額から血を噴き上げ、醜く顔を歪めて仰向けに倒れた。

「殿……」

供侍たちは、呆然と立ち竦んだ。

「ほ、本間……」

我に返った供侍が、慌てて刀を抜いて利平を取り囲んだ。

利平は、穏やかな笑みを浮かべ、血に濡れた刀を己の腹に突き刺した。

供侍たちは、息を飲んで怯んだ。

利平は、立ったまま己の腹を切った。

見事な立ち腹だった。

「佳乃……」

利平は、空を眩しげに見上げて笑った。


腰高障子が叩かれた。

平八郎は、眼を覚まして起き上がり、心張棒を外して腰高障子を開けた。

「お早うございます……」

長次が、沈痛な面持ちで入って来た。

平八郎は、不吉な予感に衝き上げられた。

「長次さん……」

「今朝、利平さんが松島惟定を斬って立ち腹を切ったそうです」

「立ち腹を……」

「ええ。見事な立ち腹だったそうです……」

平八郎は、己の不吉な予感が当たったのを知った。

「そうですか……」

利平こと本間利一郎は、かつての主・松島惟定を斬り棄てて立ち腹を切って滅《ほろ》んだ。

平八郎は、己が余り動揺しないのを意外に思えた。

寧《むし》ろ本間利一郎らしいと、微かな安堵を覚えた。

「長次さん、ちょいと水を被って来ます」

平八郎は、皺だらけの寝間着《ねまき》を脱いで下帯一本になり、井戸端に向かった。

水飛沫は陽差しに煌めいた。

平八郎は、何度も頭から水を被った。

水飛沫は、飛び散って煌めいた。

煌めきに、利平と佳乃の微笑む顔が浮かんでは消えた。

平八郎は、水を被り続けた。

迷い神

一〇〇字書評

切り取り線

**購買動機**（新聞、雑誌名を記入するか、あるいは○をつけてください）

□（　　　　　　　　　　　　　　　）の広告を見て
□（　　　　　　　　　　　　　　　）の書評を見て
□ 知人のすすめで　□ タイトルに惹かれて
□ カバーが良かったから　□ 内容が面白そうだから
□ 好きな作家だから　□ 好きな分野の本だから

・最近、最も感銘を受けた作品名をお書き下さい

・あなたのお好きな作家名をお書き下さい

・その他、ご要望がありましたらお書き下さい

| | | | | | |
|---|---|---|---|---|---|
| 住所 | 〒 | | | | |
| 氏名 | | 職業 | | 年齢 | |
| Eメール | ※携帯には配信できません | 新刊情報等のメール配信を 希望する・しない | | | |

この本の感想を、編集部までお寄せいただけたらありがたく存じます。今後の企画の参考にさせていただきます。Eメールでも結構です。

いただいた「一〇〇字書評」は、新聞・雑誌等に紹介させていただくことがあります。その場合はお礼として特製図書カードを差し上げます。

前ページの原稿用紙に書評をお書きの上、切り取り、左記までお送り下さい。宛先の住所は不要です。

なお、ご記入いただいたお名前、ご住所等は、書評紹介の事前了解、謝礼のお届けのためだけに利用し、そのほかの目的のために利用することはありません。

〒一〇一-八七〇一
祥伝社文庫編集長 坂口芳和
電話 〇三（三二六五）二〇八〇

祥伝社ホームページの「ブックレビュー」からも、書き込めます。
http://www.shodensha.co.jp/bookreview/

祥伝社文庫

迷《まよ》い神《がみ》 素《す》浪人《ろうにん》稼業《かぎょう》

平成26年 2 月20日 初版第1刷発行

著 者 藤《ふじ》井《い》邦《くに》夫《お》

発行者 竹内和芳

発行所 祥伝社《しょうでんしゃ》

東京都千代田区神田神保町3-3
〒101-8701
電話 03（3265）2081（販売部）
電話 03（3265）2080（編集部）
電話 03（3265）3622（業務部）
http://www.shodensha.co.jp/

印刷所 萩原印刷
製本所 積信堂
カバーフォーマットデザイン 中原達治



Printed in Japan ©2014, Kunio Fujii ISBN978-4-396-34014-8 C0193

# 祥伝社文庫の好評既刊

# 祥伝社文庫の好評既刊

藤井邦夫　**死に神**　素浪人稼業⑦

死に神に取り憑かれた若旦那を守って欲しい!?　突拍子もない依頼に平八郎は……。心温まる人情時代第七弾！

藤井邦夫　**銭十文**　素浪人稼業⑧

強き剣、篤き情、しかし文無し。されど幼き少女の健気な依頼、請けずにいらいでか！　平八郎の男気が炸える！

井川香四郎　**てっぺん**　幕末繁盛記

持ち物はでっかい心だけ。四国の銅山からやってきた鉄次郎が、幕末の大坂で〝商いの道〟を究める!?

井川香四郎　**千両船**　幕末繁盛記・てっぺん②

大阪で一転、材木屋を継ぐことになった鉄次郎。だが、それを妬む問屋仲間の謀で……波乱万丈の幕末商売記。

藤原緋沙子　**麦湯の女**　橋廻り同心・平七郎控⑨

奉行所が追う浪人は、その娘と接触するはずだった。自らを犠牲にしてまで浪人を救う娘に平七郎は…。

藤原緋沙子　**残り鷺《さぎ》**　橋廻り同心・平七郎控⑩

「帰れない…あの橋を渡れないの…」謎のご落胤に付き従う女の意外な素性とは？　シリーズ急展開！